세익스피어 전집 21

LOVE'S LABOR'S LOST

사랑의 헛수고

신정옥 옮김

『셰익스피어전집』을 옮기고 나서

숙명처럼 혹은 원죄(原罪)처럼 나의 삶과 정서를 지배하던 먹구름은 이제 걷히고 맑은 하늘이 열리고 있다. 하지만 나의 마음은 왠지 허전하고 공허하다. 셰익스피어와의 힘겨운 싸움에 쇠잔한 때문일까.

나는 이제 셰익스피어가 그의 전 생애에 걸쳐 이룩한 장막 희곡 37편과 3편의 장편시 그리고 소네트를 우리말로 옮기는 작업에 종지부를 찍었다. 돌이켜보면 셰익스피어 문학에 어렴풋이나마 눈이 뜨이고 귀가 열린 것은 『한여름 밤의 꿈』을 번역하면서 비롯되었는데, 그때 내 마음 속 깊이 자리 잡은 셰익스피어가 나를 운명처럼 괴롭힌 지도 어언 20여 년이나 된다. 지난 오랜 세월 동안의 나의 외로운 번역작업은 문자 그대로 인고(忍苦)의 세월이었다.

"그 진실 때문에 고통의 모습을 사랑한다."고 토로한 미국의 청교도 여류시인 에밀리 디킨스의 말처럼, 위대한 인간성에의 끝없는 사랑과 아름다움에 따뜻한 시선을 던지는 셰익스피어 문학의 진실 때문에 나는 그를 우리말로 옮기는 고통을 감내해 왔는지도 모른다.

그러면서도 사실 내가 셰익스피어 작품에 매료된 가장 큰 원인은 바로 그의 언어의 천재성 때문이었다.

언어가 빚어낸 비극성과 희극성이 그를 인류 역사에 찬연히 빛나는 불멸(不滅)의 극시인으로 만들었고 신선한 탄력이 나를 사로잡았던 것이다. 어디 그뿐이랴. 시적 아름다움과 향기가 깃들여 있어서 매우 심도(深度)있는 함축성을 지닌 문체에다 음악의 미와 이미지의 미가 유기적으로 융합됨으로써 아름다움이 더욱 빛을 발하고 있는 것이다.

따라서 태반이 이중 영상적(映像的)인 그의 언어는 윤기마저 흐른다. 그의 언어는 싱싱하게 살아 숨쉰다. 영혼의 심연(深淵)으로부터 우러나오는 언어의 광채와 언어의 맥박의 울림 속에서 극적 전개를 이룩해나가는 것이 셰익스피어의 극인 것이다. 그래서 엘리자베드 시대의 영국 국민들은 셰익스피어의 극에서 시각적인 감동보다도 청각적인 짜릿한 감흥에 젖어들기를 좋아했다. 이를테면 눈으로 보는 연극보다도 귀로 듣는 연극을 좋아했고 탐닉했던 것이다.

셰익스피어의 신성(神性)에 가까운 언어의 천재성은 그의 작품을 번역하는 사람들에게 적지 않은 어려움을 안겨왔다. 나 역시 그러한 곤혹스러움에 빠져 후회가 되기도 했다. 그리하여 한 작품의 번역이 끝나고 그 다음 작품에 손을 댈 때마다 "잘못 씌어진 책은 실수이나 좋은 책의 오역은 죄악이다."라는 명구가 나를 긴장시키곤 했다. 그러한 심신의 동요 속에서도 이렇게 전집을 펴낼 수 있었던 것은 순전히 주변의 가까운 선배 동료의 격려 덕분이라고 생각한다.

여하튼 세익스피어 원작을 번역함에 있어 나는 무분별한 직역과 지나친 의역을 피해서 될 수 있는 대로 원전에 충실하기로 방침을 세웠다. 원전과 번역의 거리를 최대한 축소시켜, 원전의 의미와 향취를 살리면서도 오늘의 감각과 취향에 맞도록 하기 위해서 애를 썼다.

따라서 "번역은 충실하면 충실할수록 더 아름답고 아름다우면 아름다울수록 덜 충실하다." 라는 폴 발레리의 고백을 교훈 삼아 나의 번역도 그렇게 지향하려고 노력했다.

두말할 나위 없이 세익스피어 작품의 훌륭한 번역가는 세 개의 얼굴을 가진 그리스의 알테미스 여신보다도 한 개가 더 많은 얼굴을 가져야 된다고 한다. 즉, 네 개의 얼굴〔四面性〕이란 비평가적 얼굴, 언어학자적 얼굴, 연출가적 얼굴, 시인적 얼굴, 다시 말해서 비판의식과 어휘의 풍부함과 무대지식과 그리고 시인적 감각을 가리킨다. 이러한 사면성이 탄탄하게 갖춰졌을 때 비로소 극시인의 본래의 사상과 이미지 그리고 영상을 충실하게 드러낼 수 있다고 하겠다.

나는 과거에 출간된 세익스피어의 번역물들의 공통적 특성이라 할 산문 투의 대사를 지양하고 될 수 있는 대로 무대 언어로 옮기려고 노력했지만 뜻대로 되지 않아서 아쉬움이 없지 않다. 그러나 세익스피어 작품 완역(完譯)이 한국 출판문화, 더 나아가 정신문화를 윤택하게 하는 데 한 알의 밀알이 되었으면 하는 바램을 갖고 있다. 앞으로 좋은 번역이 나오는 데 있어 나의 역서가 한 징검다리가 될 수만 있다면 기쁘겠다.

끝으로 셰익스피어 전집이 우리말로 옮겨져 나오기까지 거친 원고를 정리하고 교정하여 책으로 만드는 데 많은 수고를 아끼지 않으신 도서출판 전예원 편집부원들과 따뜻한 정의(情宜)와 격려를 주신 분들에게 감사한다. 특히 건전한 번역문화를 선도하는 전예원 金鎭洪 박사의 각별한 배려와 후원에 크게 힘입었음을 밝히면서 동시에 따뜻한 감사를 드린다.

1989년 여름
신정옥

사랑의 헛수고

〈등장인물〉

퍼디넌드 나바르 왕국의 왕

비론
롱거빌
듀메인 } 왕에게 시중을 드는 귀족

보이엣
마케이드 } 프랑스의 공주에게 시중을 드는 귀족

돈 아드리아노 드 아마도 스페인의 기인
나다니엘 경 시골 신부
홀로퍼니스 교장
앤소니 덜 순경
코스터드 시골 사나이
모드 아마도의 시동
산림관
프랑스의 공주

로잘라인
머라이어
캐더린 } 프랑스의 공주에게 시중을 드는 시녀

재크네타 시골 처녀
귀족들, 시종들, 그 밖의 사람들

〈장 소〉

나바르

제 1 막

학문이란 언제나 이렇게 빛나가게
마련입니다. 하고 싶은 일을 달성하기 위하여
애쓰는 동안에 꼭 해야 할 일을 잊어버리게 됩니다.
가장 갖고 싶어 한 것을 막상 수중에 넣고
보면 바로 없어지게 마련입니다.
-1장 비론의 대사 중에서

제1장 나바르 왕궁의 정원

나바르의 왕 퍼디넌드가 비론, 롱거빌, 듀메인 등을 거느리고 등장.

왕 사람이 살아있는 동안 모두가 바라는 것은 명성이다. 그 명성을 영원히 남기기 위해 놋쇠 묘비에 새겨서 죽음의 추악함을 아름답게 장식하도록 하는 거다. 비록 가마우지처럼 탐욕한 시간이라도 생전에 피나는 노력 끝에 얻은 명예는 모든 것을 거침없이 베어버리는 시간의 날카로운 칼을 무디게 하여, 우리의 이름을 영원히 남길 수 있을 것이다. 그러니 용감한 정복자들, 여러분은 과연 용감하다. 자기의 욕정과 또 대군처럼 밀려드는 세속의 욕망을 상대로 싸우고 있으니 말이오. 과인은 이제 일전에 내린 법령을 강력하게 시행하고자 한다. 이 나바르 왕국을 전 세계인들이 경탄해마지 않는 표적으로 만들고, 이 궁정을 영원한 학예의 진리에 천착하는 학문의 전당으로 만들 것이오. 비론, 듀메인 그리고 롱거빌, 경들 세 사람은 앞으로 3년간 나와 침식을 같이하면서 학문을 같이 닦고, 이 책에 기록된 규약을 준수하기로 맹세한 바 있소. 그러니 여기에 서명해 주오. 서명한 뒤 서약을 조금이라도 어기면, 제 손으로 자기의 명예를 깨뜨리는 격이 되는 것, 맹세한 바대로 실행하겠다는 결심이 섰거든 이 서약서에 서명토록 하라.

롱거빌 신은 이미 각오가 되어 있습니다. 불과 3년간의 고행일 뿐입니다. 비록 육신은 야위어질지라도 정신만은 향연을 즐기게 될 것입니다. 배가 부르면 머리 속은 메말라지게 됩니다. 산해진미는 갈빗대를 살찌게 하지만, 지혜를 갉아먹습니다.

듀메인 전하, 듀메인은 이미 이승을 등진 것이나 다름없습니다. 속세의 하찮은 쾌락은 이 몸에서 이미 떨어져 나가 던져졌습니다. 신은 이미 죽은 셈치고 사랑과 부귀와 영화와는 멀리하고 동지들과 함께 학문의 길을 닦을 결심으로 있나이다.

비론 신 역시 두 사람의 엄숙한 맹세를 되풀이할 따름입니다. 신은 이미 3년간 이곳에 머물면서 학문을 닦겠다고 맹세했습니다. 하지만 이밖에도 꼭 지켜야 할 일들이 많이 있습니다. 서약서에는 적혀 있지는 않지만, 이 기간 동안 여자를 만나서는 안 된다, 일주일에 하루는 단식을 하여야 한다, 그 밖의 다른 날에는 반드시 하루에 한끼만 식사토록 한다 등이죠. 이 부분은 따로 적혀 있지는 않습니다. 그리고 밤에는 세 시간만 잠을 잔다, 낮에는 눈을 붙여서는 안 된다 등의 내용도 있습니다 — 그런데 긴 밤에 깊이 잠들고, 낮에는 반나절을 한밤처럼 삼아서 늦게 일어나도 나쁠 것은 없다고 생각됩니다만 — 아마 이것도 서약서에 적혀 있지는 않을 겁니다. 그러니까 쓸데는 없으나 막상 지키려고 들면 매우 어려운 일입니다. 여자를 만나지 마라, 공부를 하라, 단식을 하라, 잠을 자지 마라는 등은 말입니다!

왕 경들은 그걸 지키겠다고 과인에게 맹세하지 않았나.

비론 전하, 황공하오나 신은 이것들을 모두 지키겠다고 맹세하지는 않았습니다. 이 궁정에 3년간 머물면서 전하와 함께 학문을 닦을 것을 맹세했을 뿐입니다.

롱거빌 비론, 그것과 함께 다른 것도 맹세했지.

비론 그야 했다면 이봐요, 그땐 농으로 맹세한 것이지. (왕에게) 신들이 할 학문의 목적이 대체 무엇인지어서 하교해 주십시오, 전하.

왕 그야, 학문이 아니면 배우지 못할 것을 배우려는데 있지 않겠나.

비론 그러하시면 상식으로서는 알아볼 수 없는 것을 알기 위해서 이겠지요?

왕 맞아, 그것이 학문의 귀중한 보상이 아니겠나.

비론 알겠습니다, 전하. 그러한 학문을 닦기로 맹세하나이다. 일반적으로는 알아서 안되게 되어 있는 일을 알 수 있게 말입니다. 이를테면 식사하지 못하게 엄격히 규제 당할 경우, 어딜 가면 배불리 먹을 수 있는가, 혹은 흔히 볼 수 없는 미인을 어딜 가면 만나볼 수 있는가, 그리고 맹세를 지킨다는 약속을 하고나서, 어떻게 하면 그것을 깨뜨리고도 신의를 땅에 떨어뜨리지 않게 되는가를 연구하겠습니다. 만일 이렇게 하는 것이 혹은 그리해야 하는 것이 학문의 이익이라면 학문에는 아직 모르는 영역이 있는 것이니 그 이치를 배우기 위해 서약하라고 하면 신도 기꺼이 맹세하겠습니다.

왕 그렇지 않아, 그런 것들은 모두가 학문을 방해하는 독소들이고, 우리들의 슬기를 허망한 향락의 수렁으로 빠져들게 하는 것들이오.

비론 모름지기 쾌락이란 그것이 어떤 것이든 모두가 허망한 것이라 사료됩니다. 그 중에서도 가장 허망한 것은 고생해서 애써 얻은 것에서 고통만 받게 될 때 그렇습니다. 다시 말씀드리면 진리의 빛을 찾으려고 심혈을 기우려 책을 읽지만 그동안에 그 진리의 탐구에 기만당해 부당하게도 눈이 피로해져 보이지도 않게 됩니다. 그러니까 빛이 빛을 구하다 빛에 속아넘어가 빼앗기는 꼴이 되고 맙니다. 어둠 속에서 빛을 찾다가 빛을 찾지도 못하고 그만 시력을 잃으니 슬기의 빛은 깜깜절벽이 되고 맙니다. 그보다는 차라리 아름다운 눈을 바라보며 자기 눈을 즐겁게 하는 것을 배우는 편이 낫지 않을까 생각합니다. 아름다운 눈은 사람의 눈을 일시 현혹시키지만 결국엔 눈을 지켜주며 잃었던 빛을 되찾아 줍니다. 학문은 하늘에서 찬란하게 빛나는 태양과 같습니다. 아무리 눈을 부라려 보려고 해도 똑바로 볼 수가 없습니다. 끈기 있게 학문을 닦아 봤자 얻은 소득이 별로 없습니다. 기껏 남의 책에서 얻는 천박한 지식의 찌꺼기일 뿐입니다. 이 땅에서 하늘의 빛나는 별들 하나 하나에 이름을 붙여주는 천

문학자들이나 별들의 이름도 모르고 걸어 다니는 인간이나 밤하늘에 반짝이는 별들의 혜택을 얻는 것은 마찬가지 아니겠습니까. 지식이 많이 쌓였다는 것은 공허한 이름 하나 얻는 것이라 사려됩니다. 이름이야 대부가 붙일 수 있지 않습니까.

왕 (듀메인에게) 비론은 어떻게 독서를 했기에 저렇게 독서를 반대하는가!

듀메인 학위반대론을 발표해서 학위까지 받았습니다!

롱거빌 이 사람은 잡풀을 뻬고, 잡풀을 가꾸는 그런 사람이옵니다.

비론 봄이 멀지 않으니 거위새끼들이 잘 울어대겠군.

듀메인 그 다음 말을 계속해봐.

비론 장소와 때가 꼭 알맞고요.

듀메인 이치에 맞지 않는군.

비론 그러나 운(韻)에는 맞지.

롱거빌 비론은 이른봄에 피는 꽃봉오리를 자르려는 시샘 많고 심통 사나운 서리 같군.

비론 글쎄, 새들이 아직 노래를 하지도 않는데 여름이 먼저 뽐내는 까닭이 어디 있겠나? 제철도 아닌데 기형아의 탄생을 보고 좋아할 까닭이 어디 있구? 나는 크리스마스 땐 장미꽃을 원하지 않습니다. 또한 5월의 즐거운 꽃 잔치에는 눈을 바라지도 않습니다. 나는 그 계절에 합당한 것을 좋아합니다. 이제 와서 학문을 하시려는 것은 너무나 늦은 감이 있기 때문에 뒷문을 열기 위해 지붕 위로 올라가는 것과 다름없습니다.

왕 그럼 그만두고 집으로 돌아가지. 잘 가게, 비론.

비론 돌아갈 수는 없습니다, 전하. 신은 전하께 맹세한 이상 여기에 머물러 있겠습니다. 학문을 지나치게, 마치 천사와도 같이 치켜올리시니 신이 그만 야만인처럼 터무니없는 변명을 했습니다만 일단 맹세한 일은 꼭 지키면서 앞으로 3년간 고행을 견디어 내겠습니다. 그 서약서를 보여 주십시오. 한번 읽어보겠습니다. 아무리 엄격한 규약일지라도 서명하겠나이다.

왕 이렇게 순종을 하는 걸 보니 망신은 면하게 됐군!

비론 (읽는다) "일. 여자는 궁중 1마일 이내에 접근하지 말라."— 이걸 벌써 공표 하셨습니까?

롱거빌 나흘 전에?

비론 벌칙을 살펴보겠습니다. (계속 읽는다)— "위반한 여자는 혓바닥을 잘린다" 이 벌칙은 누가 만들어냈습니까?

롱거빌 실은 바로 나요.

비론 그런가, 그 이유는?

롱거빌 그건 엄한 벌로 협박하여 여자들을 쫓기 위해서지.

비론 이는 예의범절에 어긋나는 위험한 법이로군! (읽는다) 일. "앞으로 3년 간 여자와 얘기하다 발각된 자는, 궁중의 나머지 다른 사람이 생각해 낼 수 있는 어떠한 모욕도 받아야 한다." 전하, 이 규약은 전하 자신이 깨뜨리시게 됩니다. 전하께서도 아시다시피 프랑스 왕의 공주께서— 그 우아하고 아름다운 공주께서— 노쇠하여 병석에 누워 계신 부왕을 대신해서 곧 이 나라에 오셔서 아퀴떼뉴 지방의 양도 문제로 전하와 담판하시게 되어 있지 않습니까? 그러므로 이 규약은 의미가 없습니다. 그렇지 않으면 아름다운 공주께서 헛되이 행차하시게 됩니다.

왕 경들, 이제 어쩌면 좋겠소? 아 참 공주 일을 깜박 잊었군.

비론 학문이란 언제나 이렇게 빗나가게 마련입니다. 하고 싶은 일을 달성하기 위하여 애쓰는 동안에 꼭 해야 할 일을 잊어버리게 됩니다. 가장 갖고 싶어 한 것을 막상 수중에 넣고 보면 바로 없어지게 마련입니다. 불을 질러 점령한 도시처럼 비록 함락은 시켰지만 아무런 소득이 없듯이 이것은 헛일입니다.

왕 불가불 이 조항만은 삭제할 수밖에 없으렷다. 만부득이 공주는 여기에 머물어야 하니까.

비론 부득이한 경우 때문에 우리는 3년 동안에 3천 번은 맹세를 깨뜨리게 될 것입니다. 사람은 누구나 태어날 때부터 욕망을 갖게 마련이고, 그건 인력으로 어찌할 도리가 없습니다. 신의 은혜라도 있다면 모르겠지만. 만약 신이 맹세를 어기게 되면 부득이한 사정 때문이었다고 한 마디로 변명할 수 있지 않습니까. 하여튼 이 서약전문에 대하여 서명하겠습니다. (서명한

다) 이 서약을 조금이라도 어기는 자는 영원한 치욕을 받는다. 유혹을 받는 건 신뿐만 아니라 누구나 같을 것입니다. 신은 비록 이 서약을 못마땅하게 생각하였습니다만 최후까지 이 서약을 굳게 지킬 사람은 바로 신입니다. 그런데 뭐 좀 즐거운 위로거리는 없습니까?

왕 아 있고 말고. 궁중에 스페인에서 온 멋쟁이 나그네가 있지 않나. 세계의 유행이란 유행은 한 몸에 다 지니고 있고, 머리 속에는 신조어를 마음대로 만들어내는 공장을 갖고 있는 사람 말이오. 별것도 아닌 자기 말을 신묘한 음악을 듣는 듯 황홀해 하고, 예의범절이 바르고 시시비비를 능란하게 가리는 심판관 일을 하는 그런 위인이지. 저 아마도라는 기인말인데 우리들이 하는 학문연구의 틈틈이 세계에서 일어난 전쟁에서 전사한 살결이 검붉은 스페인 용사들의 무용담을 그 낭랑한 목청으로 얘기해 줄 것이다. 경들은 마음에 드는지 모르겠으나, 나는 허풍을 떠는 꼴이 재미가 있다. 그래서 음유시인의 역을 시키는 것이오.

비론 아마도는 훌륭한 사람입니다. 그는 그 자리에서 말을 톡톡 쏘아대는 유행의 총아입니다.

롱거빌 촌뜨기 코스터드와 그 사람을 위안 삼아 공부하면 3년쯤은 눈 깜짝할 사이에 지나가게 될 겁니다.

덜이라는 이름의 순경이 서장을 들고 등장. 코스터드 뒤따른다.

덜 어느 분이 전하이십니까?

비론 이분이오. 왜 그러오?

덜 저 자신은 전하를 대포(대표)하여 치안을 단당(담당)하는 사람입니다, 즉 말단 순경입니다만 대리가 아닌 실물의 전하를 뵙고자 합니다.

비론 이분이 전하시다.

덜 아마― 아마― 뭐라는 분이 문안드리고요. 그런데 불상사가 생겼답니다. 이 서장에 자세하게 적혀 있습니다.

코스터드 나리, 그 서한의 모욕죄(영장을 잘못 사용함)는 저에 관한 것일 겁니다.

왕 멋 피우는 아마도의 서한이군.

비론 (롱거빌 등에게) 내용이 저급하더라도 문장만은 역시 굉장할 거야.

롱거빌 저속한 천국인데 꽤나 희망을 품으시는군. 하나님이시여, 우리에게 인내심을 주소서!

비론 듣기 위해서야? 웃음을 참기 위해서야?

롱거빌 조용히 듣고 적당히 웃기 위해서지. 아니면 둘 다 참기 위해서구.

비론 글쎄, 재미가 있냐 없냐는 그 문장의 솜씨에 달려 있을 거요.

코스터드 나리, 그 사건이라는 게 저와 재크네타에 관한 거랍니다. 바로 현장에서 들통난 거랍니다.

비론 무슨 모양으로?

코스터드 네, 그건 다음과 같은 모양과 형식이나이다, 세 가지가 갖춰져 있는데요, 제가 그녀를 만난 건 전하의 저택에서였고, 그때 그녀는 벤치에 앉아 있었습죠. 그리고 그녀를 따라 비원에 들어갔다가 그만 붙잡혔습죠. 그래서 이를 종합해보면 조금 전에 말씀드린 그런 모양과 형식이 나오는 것이죠. 그런데 나리, 그 모양 말씀이온데— 그게 사내가 여자에게 말을 거는 모양입죠. 그리고 그 모양은 이러했습죠.

비론 그래서 다음과 같은 것이 어떻게 됐단 말인가.

코스터드 그 다음과 같은 건 아마 소인에 대한 처벌이 있을 것입죠. 아이구, 옳은 것을 지켜주소서!

왕 (비론 등에게) 이 서장을 읽을 테니 귀담아 들어보겠는가?

비론 신탁을 듣는 것처럼 경건히 듣겠습니다.

코스터드 인간은 참 머저리거든, 정욕엔 오금을 못 펴니 말야.

왕 (읽는다) "위대하신 신의 대리인이시며, 통치자이시며, 나바르 왕국의 유일한 절대적 통치자이시며, 나의 영혼의 지상의 신이시며, 나의 육신의 양육보호자이신 전하께 아뢰옵니다"—

코스터드 아직 코스터드에 대해서는 한 마디도 없구먼.

왕 (읽는다) "사실은 이런 내용이 있나이다"—

코스터드 그야 그럴 겁니다, 그분 말은 콩으로 메주를 쑨대도 믿을 수 있습죠.

왕 조용하라!

코스터드 예, 조용히 하겠습니다요, 아귀다툼은 누구나 질색이니까요!

왕 잠자코 있으라니까!

코스터드 남의 비밀도요, 부탁하나이다.

왕 (읽는다) 실은 이러한 내용이었나이다, 소인은 그날 먹구름 같은 우울증에 사로잡혀 시커멓게 가슴을 억누르는 기분을 가장 건강에 좋은 처방인 맑고 상쾌한 대기로 고치려고 신사로서 맹세하지만 틀림없이 산책을 했습니다. 바로 그 때가 언제인가 하면 대략 여섯 시로, 짐승들은 게걸스럽게 풀을 뜯어먹고, 새들은 분주히 모이를 쪼아먹고, 인간은 저녁식사라는 자양분을 섭취하는 무렵이었습니다. 시간에 관해서는 이 정도로 마치고. 장소를 말씀 드리고자 합니다. 소인이 산책하던 곳으로 말씀드리자면 비원이라는 곳입니다. 그리고 현장을 말씀드리면 전하께옵서 친히 보시고 관찰하시고, 음미하시고 보시고 계시다시피 소인의 이 백설 같은 거위 깃촉 펜에서 흑단색 잉크를 붓게 하는 추잡하고 무법의 사건을 목격한 것이 바로 그곳이나이다. 그러나 그곳이 어느 곳인고 하니 절묘하게 얽혀 꾸며진 꽃밭이 깔린 비원의 서쪽 모서리에서 북북동보다 약간 동쪽으로 치우친 곳이었습니다. 그곳에서 미천한 촌뜨기, 전하의 야비한 광대를 목격하였던 것입니다."

코스터드 내 얘긴가?

왕 (읽는다) "그 천하의 무지, 무식한 화상이,"

코스터드 아, 나겠지?

왕 (읽는다) "지극히 천박한 쌍놈이,"

코스터드 역시 내 얘기겠지?

왕 (읽는다) "소인이 기억하는 바로는 코스터드란 자가,"

코스터드 맙소사, 내 얘기다!

왕 (읽는다) "이미 포고된 칙령과 법규를 위반하고 —그걸 아뢰옵기는 아— 심히 가슴 아픈 일이옵니다만—"

코스터드 계집애하고 씨부렁댔습죠.

왕 (읽는다) "그 상대야말로 나의 대조모이신 이브의 따님, 즉 여성으로서 더 쉽게 말씀드리자면, 여자였습니다. 소인은 이 남자를 평소 지닌 의무감이 명하는 대로, 이 죄인을 전하의 순경 앤소니 덜을 시켜서 당연히 받아야 할 벌을 받도록 하기 위하여 어전에 압송하오니, 친히 다스려 주시기 바라옵니다. 덜 순경은 명예나 세평이나, 태도, 품행 등이 나무랄 데 없는 인물이옵니다."

덜 황공하옵니다만 소인이 바로 앤소니 덜이옵니다.

왕 (읽는다) "재크네타에 대한 말씀을 드리자면— 즉, 이미 아뢰온 촌뜨기와 함께 체포된 바 있는 연약한 계집이옵니다. 이 여자가 전하의 법에 노여움을 산 자로서, 소인이 잠시 맡고 있습니다만 어명이 있으시는 대로 즉각 재판에 회부하고자 하나이다. 전하에 대해 경의를 표하며 충성심에 불타 삼가 아뢰옵니다.

돈 아드리아노 드 아마도 올림"

비론 (왕에게) 기대한 것보다는 명문장은 못됩니다만 여태까지 들은 것 중에서는 제일 빼어납니다.

왕 이것이야말로 최악으로 치자면 가장 좋은 본보기군. (코스터드에게) 여봐라, 넌 이 일에 대해 더 할 말이 있느냐?

코스터드 예, 그런 계집애가 있었습니다.

왕 너는 포고문이 나온 것을 알고 있었느냐?

코스터드 듣긴 많이 들었습니다만, 관심은 별로 두지 않았습니다.

왕 계집아이와 같이 있다 잡히면 일년간 징역에 처한다는 포고문인데도.

코스터드 계집아이가 아니 옳습니다. 젊은 아씨하고 있다가 체포됐습니다.

왕 젊은 아씨도 마찬가지이니라.

코스터드 그냥 젊은 아씨가 아니라 숫처녀입니다.

왕 또 바꿔서 말해도 같다, 숫처녀도 포고령에 걸린다.

코스터드 그러하시면 숫처녀란 말은 취소하겠습니다. 소인은 소녀와 잡혔습죠.

왕 소녀라 해도 소용없다.

코스터드 아니옵니다, 그 소녀는 소인에게 소용이 있습니다.

왕 여봐라, 너에게 판결을 선고하겠다, 앞으로 일주일간 겨죽과 물 이외에는 먹는 것을 금한다.

코스터드 한달 동안 기도 드리겠사오니, 제발 양고기 죽을 먹게 해 주십시오.

왕 그리고 돈 아마도에게 널 맡기겠다. 비론, 자넨 저 자를 인도하고 와라. 자 여러분, 우리들이 굳게 맹세한 일을 실행토록 합시다. (왕, 롱거빌, 듀메인 퇴장)

비론 내 모가지가 남의 모자하고 바뀌어도 좋다. 이 따위 서약이나 법령은 결국 부질없는 웃음거리가 되고 만다. (코스터드에게) 야, 가자.

코스터드 나리, 소인은 진실 때문에 봉변을 당하고 있습죠. 소인이 재크네타와 같이 있다가 붙잡힌 건 사실입니다만 그앤 정말 성실한 계집이라고요. 그러니까 영광의 쓴 술잔을 기꺼이 받을 수밖엔 없지 뭡니까! 언젠가는 재난을 면할 날이 있을 테죠. 슬픔이여, 그때까지 참고 있어다오! (두 사람 퇴장)

제2장 같은 장소

아마도와 시동 모드 등장.

아마도 얘, 위대한 인물이 우울해 지는 건 무슨 징후이겠느냐?

모드 그야 그 인물이 슬픈 얼굴을 할 것이란 뚜렷한 징후겠죠.

아마도 요놈 봐라, 원 슬픔이 우울증과는 한 통속이다.

모드 아니에요, 천만의 말씀입니다, 확실히 다르다구요!

아마도 그럼 슬픔과 우울증이 어떻게 다르단 말이냐, 요 풋내기야?

모드 나타나는 꼴을 보면 당장 알잖아요, 쭉쟁이 어른나리.

아마도 뭐, 쭉쟁이 어른이라고? 어째서 쭉쟁이란 말이냐?

모드 그럼, 왜 풋내기라고 하셨죠? 어째서 풋내기죠?

아마도 그건 말이다, 풋내기야. 풋내기란 너처럼 젖비린내나는 아이에게 꼭 맞춰 말하는 형용사란다.

모드 저도 그렇거든요, 쭉쟁이 어른나리. 나리 같은 나이가 많아 쭉쟁이가 된 분네에게 맞춰 말하는 형용

사지 뭐예요.

아마도 조그마한 게 재치가 있군 그래.

모드 무슨 말씀이시죠? 제가 몸은 작지만 말이 재치 있다는 겁니까, 아니면 재치 있게 생기고 하는 말이 귀엽다는 건가요?

아마도 넌 꼬마니까 귀엽단 말이다.

모드 꼬마니까 꼬마만큼 귀엽단 말씀이죠. 그럼 왜 재치가 있죠?

아마도 넌 재빠르니까 재치가 있단 말이다.

모드 나리, 저를 칭찬하시는 말씀인가요?

아마도 물론, 알맞게 칭찬하는 거지.

모드 그런 식의 칭찬이라면 미끈미끈하다는 거잖아.

아마도 뭐라고, 미끈미끈하다니까 그래서 내 피가 자극 받는다구?

모드 미끈미끈해서 재빠르다구요.

아마도 내 말은 말이다. 네가 너무나 재빠르게 대꾸하니 화딱지가 치민단 말야.

모드 예, 알겠어요.

아마도 내 앞을 가로지르듯 하니 부아를 돋구지 말라.

모드 (방백) 흰소릴 하는군, 돈이 없어서 부아가 돋아 있으면서.

아마도 난 말이다, 전하와 함께 3년간 학문연구에 몰두하기로 약속했다.

모드 그까짓 것쯤이야 한 시간이면 해치울 수 있잖아요.

아마도 어림도 없는 말 작작해라.

모드 하나를 세 번 세면 몇이 되죠?

아마도 난 셈은 서툴러. 그건 선술집 하인에게나 어울린다.

모드 나린 신사이시면서 투전꾼이시죠.

아마도 그래, 맞다. 이 두 가지는 완전한 인간에게 꼭 알맞은 장식이란 말이다.

모드 그러하시면 주사위 한 눈에다가 두 눈을 보태면 얼마가 되는 것쯤 아실 텐 데요.

아마도 그건 두 개보다 하나가 더 많지.

모드 그걸 흔히 비천한 사람들은 셋이라 해요.

아마도 그렇지.

모드 나리, 그런 게 학문이라는 건가요? 세 번 눈 깜박할 사이에 셋이라는 걸 배웠지 뭡니까. 그 석 삼(三)자에다 연(年)자를 갖다 붙이면 삼 년이라는 두 말을 배우게 되니 얼마나 쉬워요. 이 따위 것쯤이야, 저 계산 잘 하기로 소문난 곡마단의 학자 말도 알고 있어요.

아마도 흥, 그럴 듯한 비유다!

모드 (방백) 당신은 그럴 듯한 축에도 못 낀다는 거지.

아마도 솔직히 털어놓으면 난 지금 사랑에 빠져 있단다. 군인이 연애를 한다는 건 천한 짓이지만 글쎄, 내가 좋아하는 계집애도 천민이란 말이다. 이 사랑이라는 고민에 대해서 칼을 빼어 들어 그 불순한 생각에서 탈출할 수 있다면 난 정욕이란 놈을 사로잡아 최신식 법도의 하나를 인사치레의 대가로 어떤 놈이든 프랑스의 궁정인에게 넘겨주고 싶단 말이다. 내 생각에 한숨 짓는 것은 지겨운 일이다. 큐피드에게 실컷 욕이나 해주면 속이 후련하겠다. 얘, 날 좀 위로해다오. 영웅호걸들로서 사랑에 빠진 자들의 이름이라도 대보려무나.

모드 예, 허큘리스가 그러합니다.

아마도 아! 그리운 허큘리스! 꼬마야. 권위있는 이름을 더 대 봐라. 알겠느냐, 나의 꼬마야. 쟁쟁한 명성을 어깨에 지닌 영웅호걸들을 말이다.

모드 참, 삼손이 있죠, 굉장한 명성을 짊어진 분이었죠. 그분은 수문장처럼 성문을 등에 지고 치켜올렸거든요, 그분도 사랑에 빠졌어요.

아마도 오, 무서운 힘을 지닌 삼손! 무쇠와 같은 삼손! 그대처럼 난 성문을 짊어질 수는 없지만 나의 칼솜씨는 그대보다 뛰어났었다. 그런데 나 역시 사랑에 빠졌다. 얘, 모드야. 삼손의 애인은 누구였지?

모드 여자였죠.

아마도 어떤 안색(complexion)의 여자였느냐 말이다.

모드 글쎄요, 네 가지 기질(complexion을 일부러 temperament로 해석함)을 지녔는데 그것을 모두 말씀드릴까요, 아니면 그 중에서 셋, 또는 둘, 아니면 한 가지만 말씀 드릴까요.

아마도 어떤 안색의 여잔지 정확히 말해봐.

모드 바다처럼 새파란 녹색이라고요.

아마도 그것도 네 가지 체액 색깔 중의 하나란 말이냐?

모드 책에 그렇다고 써 있는 걸요, 그 빛깔이 가장 좋다는 뎁쇼.

아마도 옳거니, 녹색이야말로 사랑에 번뇌하는 애인들의 빛깔이렷다. 하나 삼손이 그런 빛깔의 여자를 사랑했다는 건 어딘가 믿어지지 않는다. 아마 그 여자의 재치에 넋을 잃은 거겠지.

모드 예, 옳습니다요, 그 여잔 애송이색인 녹색의 재치를 지니고 있었습죠.

아마도 내 애인의 안색은 참으로 순백하게 희고 새빨간 색이다.

모드 나리, 가장 무서운 사악한 심성을 그런 빛깔로써 숨긴다는뎁쇼.

아마도 어! 이 유식한 꼬마야, 그 이유를 말해봐라, 어서 말해보라고.

모드 아, 아버지의 슬기와 어머니의 혓바닥이여, 날 좀 도와주세요!

아마도 좋아, 어린이다운 주문이기도 하구나. 귀엽기도 하지만 연민의 정을 느끼게도 한다!

모드 (소리에 절을 붙여 노래 부르듯이)

분바르고 연지 찍어 단장한 여자
부정을 해도 누가 알까나.
부정하면 얼굴이 붉어지고
양심에 찔리면 낯이 파리해지지만
죄짓고 가책 받는 여자도
누가 그 속을 알까나.
얼굴이 붉어져도 파리해져도 분바른
얼굴은 한결같이 같은 빛이니.

나리, 연지와 분을 매섭게 꼬집은 노래입죠.

아마도 꼬마야, 왜 「왕과 거지 처녀」란 민요가 있지 않니?

모드 약 3세기쯤 전에는 그런 하찮은 노래가 유행했었던 것 같아요. 그러나 지금은 찾아볼 수가 없군요. 만약 있다해도 가사고, 곡조고 어디 써먹을 데가 있어야죠.

아마도 누가 그 노래를 다시 고쳐 써 주었으면 좋겠다. 그러면 천민여자를 사랑하는 내 탈선행위도 좋은 선례(先例)로 변호될 수 있을 테니까. 이봐, 난 말이다. 요전에 약삭빠른 촌뜨기 코스터드 녀석과 함께 비원에 있다가 붙잡힌 시골 처녀한테 반해버린 거라구. 그 여자는 정말 그만한 가치가 있는 여자야.

모드 (방백) 곤장을 맞을만한 여자지. 어쨌든 내 주인에겐 과분한 애인이지만.

아마도 꼬마야, 노래 좀 불러다오, 사랑에 빠진 내 마음은 무겁고 답답하기만 하구나.

모드 (방백) 그것 참 알다가도 모를 일이로다. 음란하게 노는 계집에 빠지면서 가슴이 무거워지다니.

아마도 노래를 불러 달라니까.

모드 저 사람들이 지나갈 때까지 기다려 주세요.

덜, 코스터드, 재크네타 등장.

덜 나리, 전하께서 이 코스터드를 단단히 가둬 두시랍니다. 물론 어떠한 쾌락이나 징벌을 주어서는 안 된다고 하시고 또 일주일에 사흘은 단식을 시키라고도 말씀하셨답니다. 여기 이 처녀는 이 사람이 맡아서 비원에 두고 쇠젖 짜는 일을 시키게 되었습니다. 그럼, 실례합니다.

아마도 (방백) 내 얼굴이 붉어져서 속이 들여다보이겠는걸. (재크네타를 향해) 아가씨!

재크네타 왜요, 아저씨!

아마도 오두막으로 찾아가리다.

재크네타 좋도록 하세요.

아마도 장소는 알고 있다구.

재크네타 아유, 아저씬 머리가 좋으시다!

아마도 너에게 재미있는 얘길 해 줄까.

재크네타 (방백) 우스개 소릴 테지, 뭐.

아마도 내 아가씰 사랑하고 있어.

재크네타 들어본 소리 같네!

아마도 그럼 잘 있게.

재크네타 안녕히 가세요!

덜 자, 가자, 재크네타! (덜과 재크네타 퇴장)

아마도 (코스터드에게) 이 악당아, 단식의 형벌이 끝마치기 전에는 넌 절대로 석방되지 않는다.

코스터드 네, 나리. 단식처벌을 용감하게 받겠습니다.

아마도 네놈은 벌을 크게 받아야 하겠다.

코스터드 그럼, 얄팍한 보수밖에 받지 않는 나리 하인들보다 제가 더 나리 신세를 지는 셈인데요.

아마도 (모드에게) 이놈을 데리고 가서 단단히 가둬라.

모드 가자, 죄인아, 따라와.

코스터드 감금은 하지 말아줘요. 그렇게 놔둬도, 단식은 할 테니까요.

모드 그건 안되지, 그런 속임수는 안 되지. 어서 감옥으로 가자.

코스터드 흥, 어디 두고보자, 내가 다시 황량한 행복의 나날을 맞이하면 어떤 놈을 속 시원히 때려잡을 거다. 그때 보자구.

모드 뭘 보겠단 말이지?

코스터드 아무 것도 아니오. 모드 도련님, 막연히 내일을 믿는 것이 아니오. 죄인이 입을 나풀대는 건 아무튼 좋지 않다니까. 그러니까 나도 입을 꼭 다물겠어. 난 하나님 덕분에 남만큼의 참을성밖에 갖고 있지

않으니 잠자코 있을 수 있다구. (모드와 코스터드 퇴장)

아마도 왜 이 땅이 이다지도 정다울까 천한 땅인데, 이 땅보다 더 천한 그녀의 구둣발이, 가장 천한 그녀의 발길로 밟고 간 이 땅이 아니냐. 맹세코 말하자면, 내가 사랑에 빠졌다면 그건 필시 맹세를 깨뜨린 부정의 뚜렷한 증거일 거다. 불의로 이루어진 사랑이 어떻게 참다운 사랑이 될 수 있으랴? 사랑은 악령이다, 사랑은 악마다. 사랑 말고 인간에게 붙어 다니는 악령은 없다. 그렇지만 저 천하장사 삼손도 사랑의 마수에 농락 당하지 않았는가. 또 두뇌가 명철한 솔로몬조차도 사랑에 빠져 넋을 잃지 않았는가. 큐피드의 사랑의 화살엔 허큘리스의 곤봉도 맥을 쓰지 못했지 뭔가. 그러니까 내 이 스페인의 장도를 가지곤 어림도 없는 일이지. 한 가지 두 가지 아무리 주워 섬긴다 해도 다 소용이 없다. 아무리 칼을 잘 쓰고 날쌔더라도 상대는 끄떡도 안 한단 말이다. 풋내기라고 불리는 것을 놈의 치욕이라고 생각하지만, 뭇 사내를 굴복시키는 게 놈의 자랑이 아닌가. 용기여, 잘 있거라. 장도여 녹슬거라, 북아 소리를 멈춰라. 그대들의 주인은 사랑, 사랑에 빠져 있다. 즉흥의 시신이여, 날 좀 도와주오. 난 사랑의 시를 써야만 된다. 지혜여, 생각하여라. 펜이여 글을 써다오. 부피가 두꺼운 시집을 몇 권이라도 써야 할 처지이니. (퇴장)

제 2 막

●

이유인즉, 전하의 모든 기능이 눈이라는
법정에 소환되어, 그분의 절실한 애원을 고백하고
있기 때문입니다. 심장은 마노의 가락지처럼 공주님의
모습을 아로새긴 것을 자랑으로 삼는 모습이
전하의 눈길에 역력히 나타나고 있습니다.
-1장 보이엣의 대사 중에서

제1장 같은 장소

프랑스 공주, 로잘라인, 머라이어, 캐더린, 보이엣과 두 명의 귀족들 등장.

보이엣 공주님, 최선의 슬기를 발휘하시어, 부왕께서 어떤 분을, 어떤 분께, 또 어떤 사신을 보내시는지를 마음에 새겨 두십시오. 사신으로선 온 세상이 우러러보는 공주님이시며 상대방은 인간으로서 가장 뛰어난 재덕을 갖춘 천하에 둘도 없는 나바르 왕이십니다. 회담의 목적은 어느 여왕에게 합당한 지참영토로서도 손색없는 아퀴떼뉴 영토에 관한 문제를 다루기 위해서입니다. 이때야말로 자연의 여신은 공주님에게 미색을 주려고 전 세계의 다른 여성들에게는 지극히 인색하고 갈증나게 하였으면서도 공주님에게만은 그 아름다움을 포실하게 안겨주었기 때문에 아름다움을 마음껏 발휘하십시오.

공주 보이엣 경, 나의 보잘것없는 아름다움은 별것이 아니며 경이 그렇게 과분한 찬사로 장식할 필요는 없어요. 아름다움이란 눈으로 보고 판단할 일이지, 장사꾼들처럼 천한 상거래의 말로 거래되는 것은 아닙니다. 나는 경이 나의 용모를 칭찬해 주는 말을 들어도 별로 기쁘진 않아요, 또 경께서 날 칭찬하려고 머리를 짜서 그 지혜를 인정받으려고 하는 만큼 말입니다. 그

보다는 나에게 일을 당부한 사람에게 이번엔 내가 용무를 맡기죠. 보이엣 경, 경도 알고 있겠지만 세상 사람들의 풍문에는 나바르왕께서 앞으로 3년간 학문에 몰두하려고 어떠한 여자도 일체 그 조용한 궁정내에 범접시키지 않겠다고 맹세를 하셨다지 뭐예요. 그러니까 금단의 문안으로 들어서기 전에 일단 전하의 의향을 알아보는 것이 옳을 듯 해요. 그 임무에는 설득력이 강하고 구변이 좋은 경이 가장 적임자라고 생각해요. 그럼, 이렇게 말씀을 전하세요. 프랑스 왕국의 공주가 다급하고 중대한 문제로 전하와 친히 말씀을 나누기를 원하고 있다고. 속히 가서 이 말씀을 전해주세요. 우리들은 일반 청원자들처럼 겸허하게 전하의 뜻을 기다리고 있겠어요.

보이엣 공주님의 분부를 명예로 삼고 기꺼이 갔다오겠나이다.

공주 명예란 기쁜 것이지요, 경도 그렇게 해주어요. (보이엣 퇴장) 그런데 여러 경들, 국왕과 더불어 맹세를 하였다는데 그분들이 대체 어떤 분들인가요?

귀족1 롱거빌 경이 그 중의 한 사람입니다.

공주 (머라이어에게) 그분을 아느냐?

머라이어 예, 알고 있습니다, 공주님. 페리고트 경과 제이퀴즈 포큰브릿지님의 아름다운 외동 따님의 결혼식이 노르만디에서 거행되었는데, 그 자리에서 롱거빌 경을 만나 뵈었습니다. 매우 훌륭한 자질을 가지셔서 예술에도 조예가 깊으시고 무술에도 뛰어나시며 무슨 일을 하시든 모두 잘 해낼 수 있는 분이라고들 합니다. 그분의 훌륭한 점에 한 가지 흠이 있다면 그 빛남이 흐려질 수 있다면 말입니다만 기지는 날카롭지만 남의 기분은 아랑곳하지 않고 그 예리한 독설의 칼날로 누구나 사정없이 저며낸다지 뭡니까.

공주 익살스런 악담가인 모양이구나, 그렇지?

머라이어 네, 그분의 성품을 잘 아는 분들은 한결같이 그렇게들 말씀하세요.

공주 그렇게 번쩍이는 기지는 오래 못 가서, 싹 트자마자 시들고 말거든. 그리고 또 누가 있지?

캐더린 듀메인 경은 젊은 분인데, 미덕 때문에 미덕을 사랑하는 사람들로부터 사랑을 받습니다. 그런데 자기가 한 줄도 모르고 남에게 독을 끼칠 때도 여전히 천하제일로 만인의 입에 오르내릴 때가 있습니다만 악한 모습을 좋은 모양새로 보이게 하는 재주가 있는 분이죠. 그리고 지혜가 없어도 착하게 보이도록 하는 자태를 지니고 있고요. 알렝송 공작님 댁에서 한번 뵌 적이 있습니다만 지금 말씀 드린 것은 그분의 장점은 제가 본 것 중에서 일부분에 지나지 않습니다.

로잘라인 그때 그분들과 함께 계셨던 또 한 분은 제 기억이 틀림없다면, 비론 경이란 분이었어요. 결코 저속한 농담은 입에 담지도 않는 분이었어요. 그래도 그분처럼 그렇게 재미있는 분하고 한 시간 가까이 얘기해 본 적은 난생 처음이었어요. 그분의 눈엔 언제나 기지가 번뜩이고 있었구요. 무엇이든 꼬투리만 잡으면,

그 즉시 우스꽝스러운 농담으로 만들어버리고 생각의 변사인 유창한 혀가 품위 있는 말로 너스레를 떠는 바람에 노인네들은 일손을 놓고 귀를 기울이고, 젊은 사람들은 듣다가 이내 황홀지경에 빠져든다고 합니다. 그분의 구변은 그렇게 즐겁고 유창하답니다.

공주 어머나, 큰일났군! (방백) 모두들 좋아하고 있군, 제각기 자기가 아는 상대를 입이 닳도록 칭찬을 하고 있으니.

귀족1 저기 보이엣 경이 돌아오십니다.

보이엣 다시 등장.

공주 (보이엣에게) 보이엣 경, 뭐라고 하시던가요?

보이엣 나바르 왕께선 신이 도착하기 전에 이미 공주께서 왕림하신다는 통보를 받으시고 맹세를 같이 하신 사람들과 공주님을 영접하실 준비로 분망하셨습니다. 신이 탐문한 바론 전하께서는 시중드는 시종들도 없는 궁궐에 공주님을 영접하여 맹세를 파기하는 것보다 궁궐을 포위 공격하는 적장을 대하듯 야외에 공주님을 숙박시키려는 것 같습니다.

왕, 롱거빌, 듀메인, 비론, 기타 시종들 등장.

저기 나바르 전하께서 오십니다.

왕 아름다우신 공주님, 이 나바르 왕국에 행차해 주심을 진심으로 환영합니다.

공주 "아름답다"는 그 말씀은 거둬 주십시오. "환영"한다고 하셨지만, 저희는 아직 그 영광을 받지 못하였습니다. 이 하늘은 전하의 궁정으로선 지붕이 너무나 높군요. 이 넓은 들판은 저의 숙소로선 좀 누추하구요.

왕 앞으로 궁정으로 모실까 합니다, 공주님.

공주 그러하시면 환영받는 것이 되겠으니 그리로 안내해주세요.

왕 공주님, 한 말씀 들어주십시오, 맹세를 한 바가 있어서—

공주 아, 성모 마리아님, 제발 전하를 도와주소서! 전하께서 맹세를 깨뜨리실 겁니다.

왕 아름다우신 공주님, 절대로 맹세를 깨지는 않습니다, 그것이 나의 의지입니다.

공주 필시 그 의지가, 다른 것이 아닌 의지가 맹세를 깨뜨리실 겁니다.

왕 공주께선 나의 맹세가 어떠한 것인지 잘 모르신 것 같습니다.

공주 전하께서도 그 맹세가 무엇인지 모르신다면 그게 훨씬 현명하신 겁니다. 얼추 아시는 것이 오히려 모르시는 것이 될 수 있으니까요. 풍문에 의하면 전하께서는 가정사를 돌보시겠다고 맹세하셨다지요. 전하, 그런 맹세를 지키시는 것도 무거운 죄악이 됩니다, 하기야 그것을 깨뜨리시는 것도 죄가 됩니다. 어머나 용서하십시오. 너무 갑자기 당돌하게 말씀드렸나 봅니다. 윗분에게 지시를 하였으니 주제넘었습니다. 이 서한에 제가 예방한 취지가 적혀 있으니, 읽으시고 가급적 빨리 회답해주시기 바랍니다. (서한을 내민다)

왕 가능한 한 조속히 답변해 드리겠습니다, 공주님.

공주 빠를수록 좋겠어요. 그래야만 제가 속히 이곳을 떠나게 될 테니까요. 제가 머물게 되면, 전하께서 맹세를 깨뜨리시게 될지도 모르지요.

비론 (가까이 가서 로잘라인에게) 언젠가 브라반트에서 같이 춤춘 적이 있지 않습니까?

로잘라인 브라반트에서 같이 춤춘 적이 있다고요?

비론 틀림없이 같이 추셨습니다.

로잘라인 그렇다면 물으실 필요가 없잖으세요!

비론 그렇게 매섭게 쏘아붙일 건 없구요.

로잘라인 당신이 그런 질문으로 몰아세우니 그렇죠.

비론 성미를 그렇게 사나운 말처럼 마구 몰다간 이내 지쳐버릴 걸요.

로잘라인 지쳐버리기 전에 기수를 진창 속에 처박고 말 거예요.

비론 지금 몇 시죠?

로잘라인 멍청이가 물어볼 시간이죠.

비론 아름다운 가면에 행운이 있기를!

로잘라인 가면 밑의 얼굴에도 행운이!

비론 그리고 부디 많은 분들이 당신을 사모하게 되기를!

로잘라인 아멘, 당신만을 제외하고요.

비론 알았어요, 이만 가리다.

왕 공주님, 이 서면에 부왕께선 십만 크라운을 이미 지불하신 것으로 쓰여 있는데, 그 액수는 나의 선친께서 군자금조로 대여해 드린 금액의 절반 밖에 되지 않습니다. 그러나 사실은 선친이나 내가 아직도 받지 않았습니다. 설사 선친께서나 내가 받았다 하더라도 덧붙여 십만 크라운은 미불인 채 남아 있습니다. 그 저당으로서 아퀴떼뉴의 일부는 물론 그만한 가치가 있는 것은 아니지만 말입니다. 부왕이신 프랑스 왕께서 미불된 금액만 돌려주신다면, 나는 아퀴떼뉴에 대한 권리를 포기하고, 프랑스 왕과 두터운 우의를 맺고자 합니다. 그러나 부왕께서는 그러하실 생각이 없으신 것 같습니다. 이 서면엔 십만 크라운을 이미 지불하셨다고만 주장하실 뿐, 십만 크라운을 지불할 것이니 아퀴떼뉴에 대한 권리를 회복하시겠다고는 않으십니다. 나로서는 선친께서 대여해 드린 금액만 환불받으면 아퀴떼뉴와 같이 메마른 땅은 기꺼이 돌려 드릴 생각입니다. 공주님, 부왕의 요구가 이처럼 사리에 어긋나지만 않았더라면 공주님께서 모처럼 오셨으니 다소 양보를 해서라도 흡족하신 가운데 프랑스로 귀국하시도록 해드리고 싶은 심정 간절합니다.

공주 전하의 그 말씀은 부친인 프랑스 왕에 대한 지나친 모욕일 뿐만 아니라, 전하 자신의 명예도 모욕하시는 겁니다. 분명히 지불한 금액을 받지 않았다고 딴전을 부리시니 말예요.

왕 그런 말씀은 금시초문입니다. 증거만 보여 주시면 그 금액을 다시 돌려 드리거나, 아퀴떼뉴를 포기하든지 하겠습니다.

공주 그 말씀은 분명히 새겨두겠습니다. 보이옛 경, 부왕이신 샤르르 폐하의 재정관에게 받은 10만 크라운의 영수증을 이리 가지고 오세요.

왕 어디 봅시다.

보이엣 황송하오나 전하, 아직껏 짐이 도착되지 않았습니다. 그 속에 영수증과 기타 서류들이 함께 들어있습니다. 내일은 보실 수 있을 겁니다.

왕 그렇게 하시오. 그걸 보고 난 다음에 납득이 가면 어떤 요구에도 응하리다. 어쨌든 그 사이 체면이 손상되지 않는 범위 안에서 성심성의를 다하여 귀하를 환대하리다. 그리고 아름다우신 공주님, 비록 당신을 궁궐문 안으로는 맞아들일 순 없으며, 이곳 야외에서 체류하시게 되시나, 나의 가슴속에 묵으시는 것처럼 정성껏 모시겠습니다. 궁중에 모시지를 못하여 죄송합니다. 널리 헤아려 주시기 바랍니다. 그럼, 실례합니다. 내일 다시 찾아 뵙겠습니다.

공주 심신의 건승하심을 비나이다, 전하!

왕 공주께서도 어느 곳에 계시든 소원 성취하시기를 빌겠습니다. (왕 시종들을 거느리고 퇴장)

비론 (로잘라인에게) 당신을 이 가슴속에 간직하고자 합니다.

로잘라인 제발 그러시지요. 저도 그 가슴속을 들여다보고파요.

비론 가슴의 신음소리를 들려 드리고 싶습니다.

로잘라인 가엾게도 앓고 계신가요?

비론 가슴이 아프답니다.

로잘라인 이를 어쩐담, 그럼 수술을 하셔야 하겠군요.

비론 그렇게 하면 나을까요?

로잘라인 제 의학 상식으로는 그렇답니다.

비론 그럼, 그대의 눈빛으로 구멍을 내서 피 흘리게 해 주십시오.

로잘라인 천만에요, 수술은 비수로 하는 거죠.

비론 그럼, 신의 보호로 오래 사시길!

로잘라인 당신께선 오래 아니 사시길!

비론 인사드릴 시간도 없군요, 실례합니다. (물러선다)

듀메인 (보이엣에게) 저, 한 말씀 여쭤보겠습니다, 저 여성이 누구시죠?

보이엣 알렝송 공의 외동따님으로 캐더린이라고 합니다.

듀메인 멋진 여성이군요! 무슈, 안녕히 계십시오. (퇴장)

롱거빌 (보이엣에게) 한 말씀 묻겠어요, 저 흰옷 입은 분은 누구시죠?

보이엣 밝은 데서 곰곰이 뜯어보면 여자로 보일 때도 있습니다.

롱거빌 밝은 데서 보면 분방한 여자인지 모르죠. 이 사람이 원하는 건 그분 이름이에요.

보이엣 이름은 하나 밖에 없는데, 그걸 가지시겠다니 좀 지나치시군요.

롱거빌 아니 뉘댁 규수이냐 그 말씀이지요?

보이엣 그분 어머님의 따님이라 하더군요.

롱거빌 제기랄, 그 턱수염 값이나 좀 하라구!

보이엣 여보세요, 그렇게 화는 내지 마시고요. 저분은 포큰브릿지님의 외동따님입니다.

롱거빌 아냐, 화는 가라 앉았다구요. 매우 예쁜 분이에요.

보이엣 그럴지도 모르죠. (롱거빌 퇴장)

비론 (보이엣에게) 저 모자 쓰신 분은 누구신가요?

보이엣 운좋게도 로잘라인이라고 합니다.

비론 주인이 있습니까? 또 없는 건지?

보이엣 자기 고집대로 주인이 있기도 하고 없기도 하고요.

비론 고맙습니다, 그럼 안녕히!

보이엣 가신다니 반갑소. (비론 퇴장)

머라이어 맨 나중 분이 비론 님이에요, 정말 괴짜인 분이죠. 저분은 농담을 빼놓으면 입정을 놀리지 못하죠.

보이엣 농담도 말은 말이죠.

공주 어쨌든 말꼬리를 잡은 솜씨는 참 훌륭했어요.

보이엣 그야 그쪽에서 먼저 걸어 왔으니까 맞붙어 볼 수밖에 없었죠.

캐더린 마치 두 마리의 양이 마구 싸우는 것 같았어요!

보이엣 왜 배라고 하지 않지? 어린양이여, 양이라니 야바위꾼이란 말인가, 왜 그 붉은 것에 덤벼드니 그 입술에 말예요.

캐더린 그럼, 당신은 양이고 난 목장이라— 이것도 익살이 되는가요?

보이엣 그럼, 나의 목장이 되어 주겠단 말씀이군. (그녀에게 키스하려고 한다)

캐더린 이러지 마세요, 엉뚱한 양(羊)이여. 제 입술은 굳게 다친 문예요, 공유지가 아니고요.

보이엣 그럼, 누구 것이란 말이오?

머라이어 저의 운명과 저 자신이죠, 뭐.

공주 기지가 많으면 입씨름을 하게 마련이지. 자, 두 분다 그만둬요. 집안끼리 싸움에 그 재치를 낭비하지 말고, 나바르 왕과 그의 책벌레들을 공박하는데 요긴하게 쓰도록 해요.

보이엣 (공주에게) 절대로 잘못 짚는 일이 없는 신의 관찰력은 나바르 왕의 눈에 나타난 마음의 소리를 잘못 보지 않았다면 전하는 분명히 병환 중이십니다.

공주 무슨 병으로?

보이엣 소위 연인들이 잘 걸리는 상사병 말입니다.

공주 이유는?

보이엣 이유인즉, 전하의 모든 기능이 눈이라는 법정에 소환되어, 그분의 절실한 애원을 고백하고 있기 때문입니다. 심장은 마노의 가락지처럼 공주님의 모습을 아로새긴 것을 자랑으로 삼는 모습이 전하의 눈길에 역력히 나타나고 있습니다. 혀는 말을 할 수 있어도 보지 못하는 것이 안타까운 듯, 창망히 눈 속으로 뛰어 들어 간 것 같습니다. 모든 감각은 오직 눈에만 집중되어 절세의 미를 보려고 버둥거렸습니다. 이렇게 모든 감각이 눈 속에 자리잡고 있으니, 마치 왕이 사가주기를 기다리는 수정에 박힌 보석들 같으며 그 수정 속에서 빛을 나타내면서, 공주님이 지나가시다 사가시길 애원하는 듯 보였습니다. 전하의 얼굴 한 구석에 역력히 쓰여져 있는 것은 최고의 찬사인 것이 그 황홀한 눈길을 보면 누구나 알아 볼 수 있는 것입니다. 황공한 말씀이오나 만약 신을 위해 공주님에게 사랑의 키스를 한번만 하신다면 아퀴떼뉴 뿐만 아니라 전 국토를 몽땅 바칠 겁니다.

공주 자, 천막으로 가요, 보이엣 경이 우스개 소릴 하니.

보이엣 아니옵니다, 전하의 눈에 비친 것을 말로 옮겨 놓은 겁니다. 눈빛을 입으로 바꿔 거기에 거짓 없는 혀가 가세한 것뿐이죠.

머라이어 (보이엣에게) 당신은 연애 장사꾼이시군요, 정말 구변도 좋으셔.

캐더린 저분은 큐피드의 할아버지예요, 그래서 여러

가지 정보를 다 아시죠.

로잘라인 그럼, 비너스는 어머닐 닮으신 모양이죠, 아버진 저렇게 무섭게 생겼잖아요.

보이엣 이봐요, 왈가닥 아가씨들, 내 말이 들려요?

머라이어 아뇨.

보이엣 그럼 뭘 보시오?

머라이어 저기 가는 길이죠.

보이엣 정말 당할 수가 없군요. (모두 퇴장)

제 3 막

그러나 할 수 없지, 난 사랑하고,
글도 쓰고, 한숨도 쉬고, 기도도 하고,
구혼도 하고, 신음도 할 테다. 귀부인을 사랑하든
촌색시에게 반하든 그건 사람의 운명일 거다.
-1장 비론의 대사 중에서

제1장 같은 장소

아마도와 모드 등장.

아마도 꼬마야, 노래를 불러다오, 애절한 노래로 내 귀를 슬픔에 잠기게 하여라.

모드 콘콜리넬 (노래해요, 어여쁜 아가씨).

아마도 아름다운 노래지! 자, 꼬마야, 이 열쇠를 갖고 가서, 그 촌놈을 풀어주고 당장 이리로 데리고 오너라. 그놈에게 내 애인에게 편지를 전해 주라고 해야겠다.

모드 나리, 프랑스 춤을 추면서 유혹할 작정이시군요.

아마도 뭐야? 날더러 프랑스 말로 싸움을 하라구?

모드 그런 뜻이 아니에요, 비범하신 나리. 혀끝으로 즐겁게 노래 부르고, 거기에 발을 맞춰 경쾌한 스페인 춤을 추고, 거기다가 눈을 하늘로 치뜨며, 기분을 내고 사랑을 노래하는 것은 사랑을 삼킨 듯 하며, 한숨을 내쉬며, 사랑을 목구멍으로 부르짖듯 노래하기도 하며, 또는 사랑냄새를 맡으며, 사랑을 들이쉬듯 콧소리로 노래하기도 하며, 가게의 차양처럼 모자를 눌러 쓰고, 꼬챙이에 꿴 토끼처럼 얇은 뱃가죽 위에 손을 얹고, 낡은 그림 속의 인물처럼 양손을 호주머니 속에 찔러 넣고, 노래도 길게 계속해서 부르지 않고, 토막치듯 부르다가 끊곤 하세요. 이런 것이 멋이기도 하고, 재미일 수도 있으며, 바람둥이 계집을 꼬시는 수단이 될 수도 있는 걸요. 뭐 이렇게까지 안 해도 넘어갈 계집애들인 뎁쇼. 참, 그런 짓을 자주 하면 명사가 된다 하던뎁쇼? 과연 그런가요?

아마도 아니 넌 어디서 그 따위 걸 다 배웠느냐?

모드 그야 조금씩 보고 난 덕이죠 뭐.

아마도 야, 그러나— 이 가슴은 아—

모드 "옛날 노리개 말은 잊으셔야죠."

아마도 뭐 내 애인을 「노리개 말」이라구?

모드 아니에요, 노리개 말은 망아지지만 애인은 피둥피둥한 삯말이니까 누구나 탈 수 있거든요. 나린 자기 애인을 잊으셨나요?

아마도 아닌게 아니라 잊을 뻔했다.

모드 게으르신 전문가이시군요! 마음에 새겨두셔야죠.

아마도 내 사랑을 마음결 뿐 아니라 마음속에 간직하고 있다.

모드 그리고 정신마저 나갔죠. 그 세 가질 다 증명해 드릴 갑쇼?

아마도 뭘 증명한다는 거지?

모드 제가 크면 어른이 되겠죠. 그건 그렇고, 왜 마음결에, 마음속에, 마음바깥에 사랑이 있는가를 당장 증명해드리죠. 마음결이란 애인 곁에 가지도 못하면서 마음으로만 사랑한다는 뜻이고요, 마음속이란 건 사랑에 홀딱 반해 넋을 잃었다는 뜻이에요. 마음바깥이란 건 상대편 마음바깥에서 짝사랑을 한다는 뜻이구요.

아마도 그렇다면 그 세 가지가 다 나의 것이다.

모드 (방백) 세 가지 뿐이겠는가, 그 세 곱절도 더 할 걸. 그래도 헛물만 키고 있지만.

아마도 그 촌놈을 이리 데리고 오너라, 서찰 심부름을 시켜야겠다.

모드 배가 잘 맞는군— 당나귀의 심부름에 말이라니.

아마도 야, 이놈!—, 뭐라 했어?

모드 아무 것도 아니에요, 저 멍청이는 원체 느림보라서 말이라도 태워 보내야한다는 거였어요.

아마도 멀지 않으니까 성큼 다녀오너라.

모드 납덩이처럼 잽싸게 갔다 오겠어요.

아마도 뭐라고 꼬마 학자야? 납덩이는 무겁고 둔하고 느린 게 아니냐?

모드 절대로 그렇지 않사옵니다, 나리. 그렇지 않아요, 나리.

아마도 아냐, 납은 느리단 말이다.

모드 판단력이 너무 빠르시네요. 총구멍에서 나오는 납알이 느리단 말씀이에요?

아마도 녀석, 잘도 둘러대는군! 날 대포에다 녀석을 탄환에다 비유하는구먼. 자 그럼 널 촌놈에다 대고 쏜다.

모드 꽝, 전 날아 갑니다요. (퇴장)

아마도 아주 영특한 꼬마녀석이야, 꾀가 이만저만이 아닌 놈이야! 아, 하늘이여, 그대 얼굴을 향해 이처럼 한숨을 내뿜습니다. 이 냉혹한 우울증이여, 용기도 그대 앞에선 오금을 못 펴는구나. 내 사자가 돌아오는군.

모드, 코스터드와 더불어 다시 등장.

모드 나리, 괴상한 일이 생겼어요! 머리의 정강이가 탈이 났어요.

아마도 또 무슨 뚱딴지같은 은어냐, 수수께끼고. 자, 다음 매듭 말을 붙여 봐라.

코스터드 은어도 수수께끼도 아무런 소용없어요. 이 염낭 주머니 속엔 고약도 없다구요. 오 질경이 풀은 있어요. 질경이만 있으면, 매듭이란 필요 없지, 매듭이 필요 없다, 고약은 필요 없고, 질경이풀이 필요하지!

아마도 정말 배꼽이 터지겠다! 네 그 미욱한 생각이 사람을 웃긴단 말이다. 허파를 뒤흔드니 허리를 잡고 웃을 수밖에. 오, 용서해주시오! 이 무식한 녀석은 고약을 인사말인 줄 알고 있으며 매듭이란 말을 고약이라고 나불대고 있으니.

모드 유식한 사람이라 해도 그 두 가지를 약간은 같다고 생각할까요? 고약과 인사말은 뜻이 같지 않을까요?

아마도 아니다, 이건 전에 한 말이 아리송할 때, 그걸 설명해서 뚜렷하게 밝히는 매듭 말을 일컫는 거다.

예를 들어보자.

여우와 원숭이와 땅벌이 있는데
시비가 그칠 날이 없다, 셋이 있으니.

이것이 처음 명제인데, 여기에다 매듭 말을 붙이는 경우와 같단 말이다.

모드 제가 한번 붙여 보지요. 명제를 한번 더 일러 보세요.

아마도 여우와 원숭이와 땅벌이 있는데
시비가 그칠 날이 없다, 셋이 있으니.

모드 거위가 끼어 넷이 되면
시비가 가라앉는다.

그럼 제가 명제를 말할 것이니, 지금의 매듭 말을 붙여 보세요.

여우와 원숭이와 땅벌이 있는데
시비가 그칠 날이 없다, 셋이 있으니.

아마도 거위가 끼어 넷이 되면
시비가 가라앉는다.

모드 좋은 매듭 말입니다, 얼치기 거위가 나타나서

만사가 해결되니 말입니다. 한번 더 해보시겠어요?

코스터드 (빙그레 웃으며 방백) 저 꼬마가 틀림없이 거위를 주인네에게 팔아 넘긴 게로군. 나리, 잘 사셨습니다요. 살이 통통하게 찐 거위인뎁쇼. 물건 팔아치우기란 야바위 같아서 쉽지가 않거든요. 어디 볼까요, 매듭 말도 좋고, 거위도 살쪘고, 이거야 알 먹고 꿩 먹는 격이구먼.

아마도 얘야, 이리 온, 이리 온. 이런 의논이 어떻게 해서 시작됐더라?

모드 머리와 정강이가 탈이 났다고 했더니만, 나리께서 매듭 말이란 걸 말씀하셨죠.

코스터드 옳습니다요, 제가 질경이 약초를 달라고 했더니 어르신네가 의논을 시작하셨죠. 그 다음에 저 꼬마가 살찐 매듭 말을 내놓았고, 나리가 산 그 거위가 나왔습니다요. 그래서 장사가 됐습죠.

아마도 말해 보아라, 코스터드의 정강이는 왜 다쳤느냐?

모드 자세히 말씀드리죠.

코스터드 다친 사람은 네가 아니고 나니까 모드, 내가 매듭말을 말씀드리지. 저의 이름은 코스터드입니다. 허둥지둥 밖으로 뛰쳐나오다, 문턱에서 넘어지고 정강이를 깨었죠.

아마도 이제 그 얘긴 그만두자.

코스터드 정강이 상처만 나으면요.

아마도 여봐라 코스터드, 이제 널 석방하겠다.

코스터드 저를 매음굴로 석방하신다고요! 이것 좀 이상한 뎁쇼. 매듭 말도 있어야겠고 거위도 있을법한 뎁쇼.

아마도 내 이 자비스런 마음으로 널 방면하여 자유를 주겠다는 거다. 너는 유폐되고, 구금되고, 구속되고, 속박되어 있지 않았느냐.

코스터드 예 그렇습니다, 맞습니다. 나리께서 저의 무죄를 증명해주시고 절 풀어주신단 말씀이시죠.

아마도 널 감옥살이로부터 석방하겠다. 그 대신 너에게 시킬 일이 하나 있다. 그건 다름이 아니고 이 서한을 (서한을 건네며) 촌아가씨 재크네타에게 갖다 주거라. 자, 이것은 그에 따른 보수다. 부하에게 이 정도의 보수는 주는 게 내 명예를 유지하는 최선의 방법이니라. 모드, 따라와. (퇴장)

모드 님 따라 천리 가니 따라가죠. 코스터드씨, 안녕. (모드 퇴장)

코스터드 (모드에게) 아마도여 안녕, 요 귀여운 꼬마 녀석아! 어디 보수를 살펴 보아야겠다. 이게 보수라! 어이구 라틴말로는 3 화딩(역자주: FARTHING은 엘리자베스 1세 시대에 유통되었던 은전이며 4분의 3페니임)을 보수라고 하는가 보군. 3 화딩이 보수라. "이 노끈 값은 얼마냐?"— "한 푼이요"— "아니 보수조 금액을 주지" 만사 이렇게 하면 되겠다. 보수라! 4분의 3페니라. 흥, 프랑스의 크라운(역자주 : 프랑스에서 대머리병의 뜻도 있음)보다 듣기 좋은 이름이긴 하지. 앞으로 물건을 사고 팔 때 나도 이 말을 써야겠다.

비론 등장.

비론 오, 코스터드가 아닌가, 마침 잘 만났다!

코스터드 네, 비론님, 보수 하나로 살빛 리본을 얼마나 살 수 있습죠?

비론 보수 하나란 게 뭔가?

코스터드 4분의 3페니 말입니다요.

비론 그럼 4분의 3페니 몫의 실크 리본을 살 수 있겠군.

코스터드 고맙습니다요. 그럼 안녕히 계십쇼!

비론 야, 거기 있거라, 부탁이 있다. 나한테 잘 보이려거든 이 악당아, 한 가지 일을 해 줘야겠다, 잘 해다오.

코스터드 언제 해야될깝쇼?

비론 오늘 오후에.

코스터드 예, 그렇게 합죠, 그럼 안녕히 계세요.

비론 이봐, 무슨 일을 해야 하는지 알지도 못하고 가는 거냐?

코스터드 일을 다 마치고 나면 알게 되겠습니다.

비론 이놈 봐라, 모르고서야 어떻게 해?

코스터드 그럼, 내일 아침에 물으러 가죠.

비론 오늘 오후에 해야 한다니까. 이것 봐, 이러이러한 일이다. 프랑스 공주님께서 이 비원에 사냥하러

오시기로 돼있어. 그 수행원 중에 시녀 한 분이 계시다. 사람들이 아름답게 말을 하고 싶을 땐 으레 그 분 이름을 입에 담는데, 로잘라인이라고 부른다. 그 여인을 찾아내서 그녀의 아름다운 손에다 이 비밀의 서신을 꼭 전하란 말이다. 자, 이것은 너에게 주는 사례다, 부탁한다.

코스터드 사례라, 오, 훌륭한 사례금이다! 보수보다 낫구먼요. 열 한 푼이나 넘게 많은 뎁쇼. 아주 훌륭한 사례군요. 나으리, 틀림없이 멋지게 해내겠습니다요. 사례금— 보수금! (퇴장)

비론 아, 이제 내가 정말 사랑에 빠졌구나! 사랑앓이한다고 고민의 한숨을 짓는 자들을 곤장치던 관리가! 그뿐이랴, 이를 비판하고. 아냐, 야경꾼처럼 눈을 밝히며 감시하던 내가, 큐피드 선생을 엄하게 다스리는 훈장이었던 내가, 나보다 더 위엄 있고 무섭게 대한 사람이 또 어디 있으랴! 그런 내가 저 눈 먼 울보이며, 순전히 눈 먼 변덕쟁이 꼬마이며, 아니 아이어른에 거인 힘의 난쟁이인 큐피드 어른을 위해 연가의 섭정이며, 팔짱 낀 귀족, 한숨과 신음의 정통의 국왕, 놈팡이나 사랑에 우울한 자의 지배자, 속치마의 군주, 바지의 왕, 뽐내며 활보하는 소환관들의 절대군주요 대장인 큐피드를 위해. 아, 내 작은 심장이여! 내가 그놈의 부관이 되어 곡예사 모양 오색 띠를 두른 옷을 입어야 한단 말인가! 에이끼! 내가 사랑을 한다, 청혼을 한다, 장가를 간다— 독일 시계처럼 늘 탈이 나서 고쳐야 하고, 시간은 맞지도 않으며, 제가 지켜봐야 하는데도 감시를 받아야 비로소 바르게 가는 그런 계집을 사랑하다니! 아니다, 맹세를 깨뜨리는 건 가장 나쁜 일이다. 그런데 셋 중에 가장 못난 여자에게 반하다니. 얼굴은 파리하고 송충이 같은 눈썹 밑에 눈이라곤 두 개의 검은 구슬이 박혀 있으며, 못 생긴 낯짝인데도 바람기가 가득한 여자야. 백 개의 눈을 지닌 거인 아르거스가 눈에 불을 켜고 감시한다 해도 그 짓을 저지를 여자야! 그런 계집을 내가 한숨 짓고! 잠도 자기 않고! 기도까지 드리며 애태우다니! 아니다, 이건 큐피드가 내게 주는 벌일 거다. 그 꼬마의 작은 무서운 전능의 힘을 무시했다고 말이다. 그러나 할 수 없지, 난 사랑하고, 글도 쓰고, 한숨도 쉬고, 기도도 하고, 구혼도 하고, 신음도 할 테다. 귀부인을 사랑하든 촌색시에게 반하든 그건 사람의 운명일 거다. (퇴장)

제 4 막

머리가 막힌 큰 통을 꿰뚫는다! 흙덩이도
지성이 빛날 때가 있군. 부싯돌치고는 불꽃이 충분하고
돼지에겐 아까운 진주로군, 거 좋습니다!
-2장 홀로퍼니스의 대사 중에서

제1장 같은 장소

프랑스의 공주와 시녀들(로잘라인, 머라이어, 캐더린), 보이엣, 귀족들 및 산림관 등장.

공주 저 가파른 언덕을 거칠게 말을 몰고 가시는 분은 전하 아니신가?

보이엣 잘 모르겠습니다만 전하는 아니신 것 같습니다.

공주 누구이시든 세상일에 꽤나 성급한 분 같군요. 경들, 오늘은 일을 매듭짓고 토요일에는 프랑스로 돌아갑시다. 산림관, 우리가 사냥감을 기다리고 있다가 살생을 하기 위해 몸을 숨기는 잡목 숲은 어디가 좋을까?

산림관 바로 이 근처의 잡목 숲 기슭이면 어떻겠습니까? 거기 숨어서 예쁘게 쏘아 댈 수 있습니다.

공주 어머나 기쁘기도 해라. 내가 예쁘니까, 그래서 내가 활을 쏘면 쏘는 솜씨도 예쁘단 말이죠.

산림관 황공하오나, 그런 뜻이 아니 옵습니다.

공주 어머나, 뭐라고요? 칭찬을 해 놓고서 바로 취소하다니? 피자 마자 시들어버린 명예구먼! 그럼 내가 예쁘지 않단 말이지? 아유, 이걸 어쩌지!

산림관 천부당 만부당한 말씀입니다. 공주님은 예쁘십니다.

공주 아니, 어벌쩡하게 입에 발린 소리는 하지 말아요. 예쁘지 않은 얼굴을 칭찬한다고 해서 예뻐지는 건 아니에요. 거울처럼 정직히 말한 대가로 이걸 주겠어요. (돈을 건네주며) 험담한 사람에게 상금을 주다니, 나도 마음씨 한 번 푸짐하다.

산림관 공주님께서는 절세의 미색이십니다.

공주 아아, 이것 좀 봐, 고린 전 몇 푼으로 나의 아름다움이 구원받았군. 오, 요즈음 세상에 꼭 알맞은 미의 이단자이군요! 못났어도 인심 좋으면 칭찬을 받게 된다니까. 자, 활을 줘요. 이제 자비가 살생을 하러 가는 거예요. 너무 잘 쏘면 욕바가지가 될 거구. 그러니 명예를 지키기 위해서는 이렇게 말해야겠어요. 상처를 입히지 못 했을 땐 불쌍해서 바로 쏘질 않았다고 말하고, 상처를 입혔을 땐 내 솜씨를 자랑하기 위해서이지 죽일 생각은 없었고, 그저 칭찬을 받기 위해서였다고 말하겠어요. 사실 이런 건 흔히 있는 일이거든. 명예를 얻기 위해서 큰 죄를 범하는 수가 있어요. 명성이니, 칭찬이니 외면적인 허식 때문에 사람들이 얼마나 마음의 전력을 쏟고 있다구요. 나처럼 칭찬 받으려고, 죽이고 싶지도 않은 가엾은 사슴의 피를 흘리게 하려고 하고 있으니까.

보이엣 왈가닥 여편네들이 남편을 쥐잡듯이 억누르고, 내 주장을 하는 것도 칭찬 받고 싶어서 그런 건가요?

공주 그렇고 말고요, 칭찬 받기 위해서죠. 남편이

오금을 못 피게 하는 여잔 당연히 칭찬 받아야겠죠.

코스터드 등장.

보이엣 공화국 국민의 한 사람이 저기 옵니다.

코스터드 안녕들하십니까! 여기서 제일 우두머리 분이 누구십니까?

공주 이봐요, 우두머리가 없는 사람들부터 찾아보면 알게 될 텐데.

코스터드 어느 분이 최고, 최상의 분이십니까요?

공주 가장 뚱뚱하고 키가 큰 분이겠지.

코스터드 가장 뚱뚱하고 키가 큰 분이라고요! 그래 정말 그렇군. 아가씨의 허리통이 나의 재치만큼 가늘다 해도, 여기 있는 아가씨들의 띠를 가지고는 맞을 것 같지 않은 뎁쇼. 아가씨가 우두머리인 건 틀림없죠? 여기서 제일 뚱뚱한 걸 보니 말예요.

공주 도대체 무슨 일이야? 무슨 일이냐니까?

코스터드 로잘라인님이란 분께 비론 나리의 서한을 가지고 왔습죠.

공주 애, (하고 로잘라인을 돌아다 보며) 네게 온 연애편지란다, 너의 편지! 그 사람은 내가 잘 아는 친구이다. 이봐요, 심부름 온 사람은 좀 비켜서고. 보이엣경, 당신이 이 연서를 뜯어봐줘요.

보이엣 그렇게 하겠습니다. 이 서한은 잘못 온 겁니다, 여기 있는 분들과는 관계가 없습니다. 재크네타에게 보내는 겁니다.

공주 상관없으니 읽어봅시다. 어서 뜯어서 읽어봐요. 다같이 들어봅시다.

보이엣 (읽는다) "하늘에 맹세코 말씀드리오, 그대가 예쁘고 아름답다는 건 엄연한 사실입니다. 그대가 예쁘다는 것은 틀림없는 사실이며 진실로 아름답기 그지없으며 곱다는 것 또한 엄연한 사실이오. 어여쁨보다 더욱 어여쁘며, 아름다움보다 더한 아름다운 그리고 어느 진실보다 더 진실한 그대여, 그대의 용맹한 이 신하를 굽어 살펴주소서. 옛날 용감무쌍하고 공적이 눈부시게 빛나는 코페추어 왕께서는 누추하기 짝이 없는 비렁뱅이 여인 제넬로폰에게 마음을 두고 왔지 뭔가. 그 왕이야말로 진정 "나는 왔다, 나는 보았다, 나는 정복했다(Veni, vidi, vici)"고 말하기에 합당한 분이었소이다. 이를 속된 말로 옮긴다면— 아, 속되고도 천한 말이라— 즉 그는 왔다, 보았다, 정복했다 라는 뜻이 되오. 왔다는 것이 첫 번째요, 보았다는 것이 두 번째요, 정복했다는 것이 세 번째로 해당됩니다. 도대체 누가 왔단 말일까?— 왕이죠. 왜 오셨을까?— 보기 위해서죠. 왜 보았을까?— 정복하기 위해서죠. 누구한테 왔을까?— 그 비렁뱅이 여자에게요. 무엇을 보았을까?— 그 비렁뱅이 여자요. 무엇을 정복했을까?— 그 비렁뱅이 여자요. 그리하여 결국은 승리를 얻었지. 누가?— 그건 왕이오. 그러나 정복당한 쪽은 부자가 됐소. 누가?— 비렁뱅이 여자요. 대단원은 혼례식이었소.

누구의 혼례?— 왕의. 아니 한 몸이 된 두 사람, 아니 두 몸이 한 몸이요. 이것에 비유하면 나는 왕이오, 그대는 비렁뱅이, 그대의 신분이 미천하니까 하는 수 없소이다. 내가 그대에게 사랑을 명령하려면 할 수 있지요. 그대의 사랑을 강요하려면 할 수 있지요. 그대 사랑을 애원한다면 그렇게도 할 수 있지요. 그대는 그 누더기 옷을 화려한 옷으로 바꿀 생각은 없으시오?— 그 미천한 신분을 높은 작위와?— 그리고 자신을 나와 바꿔보지 않겠습니까? 그대의 회신을 고대하면서 이 입술을 그대 발에, 이 눈을 그대의 초상에, 이 심장을 그대 전신에 바치겠습니다. 그대를 자나깨나 한없이 그리워하는 돈 아드리아노 드 아마도 배상"

그대는 듣느뇨, 니메아의 사자왕이 울부짖는 소리를
너는 그의 먹이가 되는 새끼양이다.
맹수의 왕인 사자 앞에 순하게 무릎을 꿇으면
이글대는 노여움을 풀고 그대와 놀고자 할 것이다.
가련한 양이여, 미련하게 거역하면 그대는 어찌될 것인가?
노여운 이빨의 밥이 되고 그 먹이가 될 것이다."

공주 이 서한을 쓴 사람은 깃털 깨나 꽂은 경박한 멋쟁이겠다. 기상천외의 사람인가? 변덕쟁이인가? 세상에 이런 연서가 또 있을까?

보이엣 제 기억이 틀림없다면, 이 문체를 본 일이 있는 것 같습니다.

공주 한 번 본 걸 잊어버린다면, 기억력이 어지간히 좋지 않은 거지.

보이엣 이 아마도란 자는 이 궁정에 머무르고 있는 스페인 사람으로서 왕과 왕의 학우들의 놀림감이 되어 있는 과대망상증에 걸려 있는 기인이랍니다.

공주 (코스터드에게) 이봐요, 한 마디 하자. 이 서한을 누가 네게 주었지?

코스터드 아까 말씀드렸지 않습니까, 저의 주인나리께서죠.

공주 누구에게 주라고 했지?

코스터드 나리께서 좋아하시는 아가씨에게요.

공주 어떤 나리가 어느 아가씨에게 주라는 거지?

코스터드 나의 훌륭한 주인인 비론 나리께서 로잘라인이라는 프랑스 아가씨에게요.

공주 넌 이 서한을 잘못 가지고 온 거다. 경들, 가십시다. (로잘라인에게) 이걸 잘 간수해둬요. 언젠가 쓸 때가 있을지 모르겠다. (공주와 그 수행원들 퇴장)

보이엣 (로잘라인 등에게) 누구예요, 사랑의 화살을 쏜 자가? 화살을 쏜 자가 누구냐구요?

로잘라인 가르쳐 드릴까요?

보이엣 그래줘요, 아름다움의 총대장아가씨.

로잘라인 그야 화살을 지닌 사람이겠지. 어때요, 잘 깐 거죠!

보이엣 아가씨께서 사슴뿔을 사냥하러 오셨지만 당신이 결혼을 하면 그 해에 뿔이 돋은 자가 한 사람 생겨나지 않는다면 내 목을 쳐도 좋아요. 잘 놓치신 거죠!

로잘라인 그럼 제가 쏘는 사람이군요.

보이엣 그럼, 사슴은 누구죠?

로잘라인 사슴뿔로 고른다면 당신이죠. 그러니 가까이 오면 위험해요. 어때요, 이젠 정말 한 방 얻어 맞으셨죠!

머라이어 (보이엣에게) 당신은 로잘라인하고 입씨름하다가 언제나 이마가 터지곤 하네.

보이엣 하지만 난 늘 심장을 꿰뚫거든요. 오늘은 내가 이겼죠?

로잘라인 자, 옛 노래로 한번 겨뤄볼까요? 프랑스의 카롤링가 왕조의 시조인 페팽왕이 어렸을 때 있었던 얘기인데, 당신이 어엿한 성인이었죠. 그러니 그것으로 한번 겨뤄볼 만 해요.

보이엣 그럼 나도 옛 노래로 응수해드리죠. 브리튼인의 아더왕의 악처인 귀너버 왕비가 어렸을 때 있었던 얘기인데 당신이 다 큰 여인이 되었으니 쏘아 맞추는 건 당신이 되는 겁니다.

로잘라인 (노래한다)

그대는 맞추지 못해요 못해요 못해
그대는 맞추지 못해요 못해요 못해,

보이엣 (노래한다)

내가 맞추지 못하면 못하면 못하면
다른 사람이 맞출 수 있어. (로잘라인과 캐더린 퇴장)

코스터드 정말 재미있군요! 두분 다 명사수인 뎁쇼!

머라이어 정말 멋들어지게 과녁을 맞췄어요, 두 분이 다 명사수니까.

보이엣 맞춘 거요! 과녁에 눈독만 들이면 누워서 떡 먹기죠! 공주님도 말씀하신 바인데! 될 수 있다면 과녁 복판에 어떤 표적이 있었으면 좋겠다.

머라이어 왼편으로 빗나갔어요. 겨냥이 잘 못 된 거죠.

코스터드 좀더 가까운 데서 쏘아야겠어요, 그렇지 않으면 정통을 맞히지 못 할 거예요.

보이엣 내 손이 빗나가면 당신 손이 맞춰 나가는군.

코스터드 그렇다면 잘 맞춰 한 복판을 쪼개고 들어가지요.

머라이어 이봐요, 그런 쌍스런 소릴 해서는 못써요. 입 좀 조심해요.

코스터드 (보이엣에게) 나리께선 궁술에는 저 아가씨한테 어림도 없는 뎁쇼. 공 굴리기 시합이나 해 보시지요.

보이엣 그것도 어떨지. 그럼 잘 있게, 올빼미. (보이엣과 머라이어 퇴장)

코스터드 정말 촌놈이로군, 얼간이 망둥이야! 야 어떤가! 아까 그 여인들하고 저자를 멋지게 골려 주었지 않은가! 참으로 재미있었다. 정말 고상하고 쌍스런 재치였어! 그렇게 술술 나오니, 그만하면 색이 있다는 거지. 그 작자에 비하면 아마도 나리는 —정말 훨씬 멋진 분이야! 부채를 들고 귀부인 앞을 걸어가는 폼이라든가! 자기 손에 입을 갖다대는 폼이라든가 그리고 맹세도 멋들어지게 한단 말이다! 거기에다가 한줌의 재주 밖에 없는 그의 시동녀석! 아 그 녀석은 정말 눈여겨 볼만한 꼬마라니까! (안에서 고함 소리 들린다) 솔라 솔라! (코스터드 퇴장)

제2장 같은 장소

시골의 학자인 체하는 홀로퍼니스, 신부 나다니엘, 경관 덜 등장.

나다니엘 참으로 찬탄할만한 놀이올시다. 게다가 양심에 가책도 받지 않을 만한 일이구요.

홀로퍼니스 사슴이란 아시다시피 상귀이즈(혈기왕성)하답니다. 그리고 켈로오(대공), 하늘 창공, 천상, 천상의 귀밑에 보석처럼 매달렸다가 무르익은 능금처럼 테라(땅), 토양, 토지, 대지의 바닥에 떨어집니다.

나다니엘 홀로퍼니스 선생, 용어를 바꾸시면서 멋지게 말씀하시니 정말 학자다우십니다. 하지만 저 사슴은 틀림없이 다섯 살 짜리 같군요.

홀로퍼니스 나다니엘 신부님, 「하우드 크레도(나는 믿지 않아요)」.

덜 그건 「하우드 크레도」가 아니라 두 살 짜리 숫사슴이라구요.

홀로퍼니스 무지몽매한 소치로군! 말하자면 설명을 하기 위해 내적인 실험을 드러내 보이는 꼴이란 말이야. 다시 말하면 형식에 있어서 일종의 암시라는 것, 말하자면 교양 없고, 세련됨이 없고, 무교육에 무훈련, 무학, 무식한 양식에 따라 그 본성을 파세레(표시) 또는 오스텐타레(과시)하는 것 밖에 안 되는 것인데 내가 말한 「하우드 크레도」를 사슴인 줄 알고 입을 놀려대니.

덜 아니올시다. 내가 말한 것은 그 사슴은 「하우드 크리도」가 아니라 두 살 짜리란 겁니다.

홀로퍼니스 이거야, 무지덩어리로군 그래! 오, 몽매하고 무지한 괴물단지여! 그대 용모의 추함이여!

나다니엘 선생, 저 사람은 독서의 묘미를 간직한 적이 결코 없습니다. 말하자면 종이를 먹은 일도 없으며, 잉크를 마셔보지도 못한 겁니다. 그래서 지력이 연마되지 않고, 그저 우둔한 것에만 감각을 곤두세우는 동물과 같은 인간에 불과합니다. 이처럼 꽃도 열매도 맺지 못하는 나무를 눈앞에 두고 있다는 것은 감사할 일이 아닐까요— 우리가 판단하고 느끼고 하면서— 그 꽃도 열매도 피는 재능을 그 사람보다 더 많이 알게 되는 것이죠. 우매하고 지각없고 바보란 말은 나에게 어울리지 않은 건 사실입니다. 그러니까 학문하는 바보를 보려면 저 사람이 학원에 가 있는 걸 보면 됩니다. 그러나 만사 괜찮습니다(omne bene). 옛날 성직자들이 말했지요, 바람을 싫어하는 사람도 나쁜 날씨는 참고 견디는 자가 많다고 나도 그런 심정입니다.

덜 참 두 분 선생께서는 학식이 크십니다. 그래서 묻겠습니다만, 카인이 태어났을 때, 그 보다 한 달 먼저, 즉 다섯 주일 먼저에 있은 일이 무엇입니까?

홀로퍼니스 디크틴너겠지? 덜. 디크틴너야, 덜.

덜 디크틴너가 무엇입니까?

나다니엘 피비의, 루너의, 즉 달의 별명이지.

홀로퍼니스 달은 아담이 한 달이 되기 전에 나이가 이미 한 달이었고, 아담이 백살이 되었을 때도 다섯 주일이 되지 않았네. 이 비유는 아담과 카인을 바꿔 놓아도 통용된다구.

덜 그렇습니다. 에매 (역자주 : 덜은 allusion－비유를 collusion－에매로 알고)로 바꿔볼 만도 하지요.

홀로퍼니스 아 참, 기가 막히는군! 난 그저 얼류전을 바꿔볼 만하다고 했을 뿐이었어요.

덜 나는 폴류전(pollusion; 개악)과 바꿔볼 만하다고 했구요. 달은 나이가 한 달 이상 되는 일이 없지 않습니까. 그러나 공주님이 잡으신 사슴은 두 살 짜리라니까요.

홀로퍼니스 나다니엘 신부님, 사슴의 죽음을 애도하는 즉흥시를 한 수 들으시겠습니까? 이 무식꾼의 기분을 맞춰주기 위해서 **공주**께서 사살한 사슴을 프리켓(2년생 사슴)이라고 이름 붙였지요.

나다니엘 계속하세요. 홀로퍼니스 선생, 계속하세요. 그건 추하고 비천한 것을 몰아내기 위해서도 좋은 일입니다.

홀로퍼니스 두운을 좀 써 보겠습니다. 그러한 편이 유창하게 들리거든요.

사냥하는 공주는 귀여운 프리켓을 쏘아댔네.

모리꾼들은 소어(4년생 사슴)이라고 하지만, 소어(상

처)가 나기 전에 누가 알까나.

사냥개 짖어대니 소어에 L자를 붙여 보면 사냥개 짖어대니 소렐(3년생 사슴)이 숲 속에서 뛰어 나오네.

아, 상처 난 소어인가, 3년생 사슴인가, 사냥꾼들은 환호 소리내며 달려드네.

「소어」가 상처 났으면 「소어」에 L자만 붙여라. 그러면 50마리의 괴로운 자가 생기네.

L자 하나만 더 붙이면 한두 마리 소어에서 백 마리가 생겨나네.

(역자주 : 라틴어로 L=50, LL=100)

나다니엘 보기 드문 훌륭한 재능이십니다!

덜 (방백) 재능인지 무엇인지 모르겠지만 더럽게도 알랑방귀를 뀐다.

홀로퍼니스 뭐 보잘것없는 재준 걸요. 여러 가지 형태, 모양, 구상, 대상, 사고, 관념, 충동, 변혁 등으로 가득한 어리석고 엉뚱한 생각이죠. 이들이 기억의 뇌실에서 태어나 뇌(pia mater)의 태내에서 양육되어, 때가 맞으면 해산되는 거죠. 이런 재간이란 두뇌가 예민한 자에겐 쓸모가 적지 않답니다. 나도 쓸쓸히 그 덕을 보고 있는 셈이죠.

나다니엘 선생을 이곳에 모시게 된 것을 나뿐만 아니라 교구민 일동이 하나님께 감사드리고 있습니다. 아들들이 선생의 가르침을 받고 있을 뿐 아니라, 딸들도 선생의 가르침에 많은 덕을 보고 있지 않습니까.

정말 선생은 본 교구에서 아주 소중한 분이십니다.

홀로퍼니스 진정 허큘리스에 걸고(Mehercle)! 그들의 아들들이 지성이 있다면야 가르침에 부족을 느끼진 않을 겁니다. 딸들도 총명하다면야 내가 지도할 수 있습니다. 그러나 현자과묵(賢者寡默)이라고 하지 않습니까(vir sapit qui pauca loquitur). 저기 한 여인이 오는군요.

재크네타와 코스터드 등장.

재크네타 (나다니엘에게) 안녕하세요, 성직자 선생님.

홀로퍼니스 성직자 선생이라, 그 말을 풀이하면(quasi) 신부는 인격(pers one)이지만 한 사람을 꿰뚫는(pierce one)이라는 뜻인데, 누구를 꿰뚫는단 말인가요?

코스터드 아이구, 학교 선생님, 그 사람은 아마 꽉 막힌 큰 통인가 보군요.

홀로퍼니스 머리가 막힌 큰 통을 꿰뚫는다! 흙덩이도 지성이 빛날 때가 있군. 부싯돌치고는 불꽃이 충분하고 돼지에겐 아까운 진주로군, 거 좋습니다!

재크네타 (나다니엘에게) 신부님, 이 서한을 좀 읽어 주세요. 코스터드가 가져왔어요. 돈 아마도가 저한테 보내 온 거예요. 부탁 드립니다, 읽어 주세요.

홀로퍼니스 "파우스트여, 우리 소들이 시원한 그늘에서 풀을 뜯고 새김질하고 있는 동안(Fauste, precor gelida quando pecus omne sub umbra ruminat) ” 등등 —아, 훌륭하신 옛 시인 만투언이여! 여행자가 베니스를 찬양하듯, 그대를 찬양하노라.

베니스여, 베니스여(Venetia, Venetia),
그대를 보지 못한 자가 어찌 그대를 칭찬하리
(Chi no ti vede, non ti pretia).

노, 만투언! 노 만투언이여! 그대를 이해치 못하는 자만이 그대를 사랑하지 않으리— 도, 레, 솔, 라, 미, 파(Ut, re, sol, la, mi, fa). 실례합니다만 뭐라고 적혀 있습니까? 호레이스가 말했듯이— 아니, 이건 시가 아닙니까?

나다니엘 네, 그렇습니다. 선생님, 상당히 박식하십니다.

홀로퍼니스 그럼 일 절을 읽어보세요. 일련을 일장으로 읽어보시라구요(lege, domine), 신부님.

나다니엘 (읽는다)

“사랑한다고 내가 한 서약을 깨뜨린다면 어찌 사랑한다고 맹세를 할 것이오?

아, 아름다운 사랑에 대한 맹세마저 믿지 못한다면 이 세상에 믿을 신의가 또 어디 있으리!

비록 나에 대한 서약은 깨뜨릴망정, 어찌 그대와

의 맹세를 깨뜨리오리까.

이런 생각이 나에게는 참나무처럼 굳은 것이오나 그대 앞에선 버들가지인 양 굽혀지고 말리라.

이 몸은 배움의 뜻을 버리고 그대의 두 눈을 책으로 삼으리다.

그곳에 학예가 누릴 수 있는 모든 즐거움이 있을지니.

아는 것이 학문의 목적이라면 그대를 아는 것으로 족하고 남으리라.

그대를 찬미할 수 있는 혀는 이미 박식한 자요.

그대의 미를 보고 경탄치 않는 자는 무식한 자요.

그대의 재능을 찬양할 수 있음은 나에게 크나큰 영광이로소이다.

그대의 눈은 조오브 신의 번갯불 같으며 그대의 목소리는 천둥소리 같으오.

노여움을 사지만 않으면 그것은 음악이요 아름다운 불꽃이려니.

천사와 같은 그대여, 오, 이 무례한 자의 사랑을 용서하소서,

이승의 혀끝으로 천상의 그대를 찬미하오니."

홀로퍼니스 어포스트로피에스가 없는데 강음을 빼버리시니 억양이 말이 아니군요. 어디 그 시 좀 살펴봅시다. 운율만은 맞을 정도군요. 그러나 시의 운치며, 유창함이며, 시구에 황금 같은 격조가 빠져 있군

(caret) 그래. 이 사람의 시는 로마의 시인 "오비디어스 나소" 풍이라구. 그렇지, "나소" 식이야. 공상의 꽃냄새를 맡거나 멋진 경구를 드러내는 힘이 없단 말이오. 모방(imitari)이란 하등 소용도 없는 것, 사냥개가 주인을, 원숭이가 원숭이 사육사를, 겉치레 말이 기수가 시키는 대로 모방만 하는 것과 다름없어요. 이봐요 아가씨, 이 글은 너에게 보내 온 건가?

재크네타 예, 프랑스 공주님을 따라오신 무슈 비론이란 귀족이 보낸 거예요.

홀로퍼니스 그럼 겉봉을 봐야겠다. "가장 아름다운 로잘라인 양의 백설같이 흰 손에게." 그런데 이 서한의 수신인 앞으로 보낸 발신인 이름이 이것인데, 이 서한의 진의는 그대 위해 모든 것을 바치는 종 비론으로부터다. 나다니엘 신부님, 이 비론은 전하와 같이 학문 닦기를 서약한 사람이지요. 그리고 이 서한은 프랑스 공주를 모시고 있는 시녀에게 보낸 것이구요. 그게 아마 우연인지 또는 잘못으로 전달된 것 같소이다. (재크네타에게) 아가씨, 어서 달려가서 이 서한을 전하의 손에 직접 가져다 드리세요. 중대한 서한인지도 모르니 인사는 안 해도 돼요, 좋아요. 어서 가봐요.

재크네타 코스터드님, 나랑 같이 가요. 안녕히들 계세요!

코스터드 나도 같이 가지, 재트네터. (코스터드와 재크네타 퇴장)

나다니엘 선생, 지금 하신 처사는 하나님을 외경하는 것이며, 참으로 경건한 것입니다. 어떤 신부의 말씀을 빌면—

홀로퍼니스 신부 얘긴 하지 마세요. 보나마나 뚱딴지같은 소리가 분명할 테니까요. 아까 그 시 얘기나 합시다. 어디 마음에 드십니까? 나다니엘 신부님.

나다니엘 아주 훌륭한 솜씨라고 생각합니다.

홀로퍼니스 오늘 나는 학부형 댁의 식사에 초대받았습니다. 만약 신부님께서 식사하기 전에 감사기도를 해 주실 의향이 있으시면, 그 제자의 양친에 대하여 가지고 있는 나의 특별한 관계로 신부님을 환영하게(ben venuto) 될 것이며, 그 자리에서 이 시가 얼마나 교양이 없고 시다운 멋도 없을 뿐만 아니라, 재치도 상상력도 없다는 것을 증명할까 합니다. 같이 가 주시면 고맙겠습니다.

나다니엘 저 역시 감사합니다. 성경말씀에도 "교제는 인생의 복이라"고 하였습니다.

홀로퍼니스 그렇습니다. 흔히 일컬어지는 구절입니다. (덜에게) 당신도 같이 갑시다. 사양하지 말고요. 자 간단히 말해(pauca verba) 가는 겁니다. 신사들은 사냥을 즐깁니다만 우린 식사를 즐기십시다. (모두 퇴장)

제3장 같은 장소

종이 한 장을 들고 비론 등장.

비론 전하께서는 사슴을 좇고 계신데 난 나 자신을 좇고 있단 말이다. 사람들이 덫을 놓고 있는데, 난 검은 눈동자의 그녀 모습을 그리워하며 애태우고 있지 않은가. 에이, 더러워! 아 더러운 말이구나! "아, 슬픔이여, 좀 진정하여다오!" 그 바보 코스터드가 말한 것인데 나도 동감이다. 그러니 나도 바보란 말이다. 꼭 사실이 그렇지 뭔가, 정말 사랑이란 에이잭스처럼 미친놈이다. 그자가 미쳐 날뛰며 양을 마구 죽인 것처럼 사랑이 날 죽이는구나— 난 불상한 양이야. 사실이 그런 걸! 아니, 난 절대로 사랑은 안 할 테다. 사랑을 하거든 내 목을 조여라. 정말 안 할 것이다! 하지만 아, 그녀의 눈! 그렇다. 그 두개의 눈만 아니라면 사랑 같은 건 안 했을 거다— 그래 그 두 눈 때문이야. 아니다, 난 이 세상의 거짓말쟁인가 보다. 새빨간 거짓말을 서슴지 않고 쑥쑥 내뱉으니 말이다. 실은 난 사랑을 하고 있다. 그래서 시도 짓게 됐고 우울해지기도 하지 않았던가. 여기에 내 시가 있지 않느냐. 그리고 지금도 우울하지 않는가. 그렇다. 그녀는 이미 내 소네트를 한 수 가지고 있을 거다. 그 촌놈이 저 얼간이에게 심부름시켜 주었을 거이니. 그녀는 받아 봤을 거다! 정겨운 시골뜨기, 더 정겨운 어릿광대, 가장 정겨운 아가씨! 정말이지 세 사람도 사랑에 빠졌다면 털끝만큼도 나무랄 것이 없으련만. 저기 누가 종이조각을 들고 오는군. 신이여, 저분도 사랑의 신음 속에 빠지게 해주소서! (비켜선다)

왕, 종이를 한 장 들고 등장.

왕 아!

비론 (방백) 틀림없이 심장을 꿰뚫었나보다! 잘했다. 귀여운 큐피드야, 네가 쏜 사랑의 화살이 전하의 왼편 가슴팍에 적중했나보다. 저것 보게, 가슴속에 숨겨둔 비밀인데 말이다!

왕 (읽는다)

"장미꽃의 신선한 아침 이슬에
입맞추는 황금빛 태양도
이내 두 볼 적시는 밤이슬도
그대의 부드러움을 당하지는 못하리.
깊은 바다 가슴속을 파고드는
은빛 달 그림자처럼 아름다우나
내 눈물 한 방울마다 비춰준다.
이 내 눈물 방울방울은
그대를 싣고 나르는 수레.
그대 슬픔 속에 타고 오는 승리자요.

넘쳐흐르는 내 눈물은 내 슬픔을 통해
그대 영광은 더욱 빛나리다.
그대 자신을 사랑하지 말지어다.
이 내 눈물을 거울삼아 눈물짓게 하리라.
오! 여왕중의 여왕이시어! 진정 그대는 절세의 미인
그 모습 생각도 할 수 없거니와 형용할 길 없어라"

어떻게 하면 애타는 이 내 마음을 알릴 수 있을까? 이 종이를 여기에 떨어뜨려 두자— 나뭇잎이여 내 어리석은 생각을 숨겨다오. 누가 저기 온다. (비켜선다) 아니, 롱거빌이 아닌가,

롱거빌 종이를 한 장 주어들고 등장.

뭘 읽고 있다! 어디 들어 봐야겠다.

비론 (방백) 꼭 같은 바보가 또 한 사람 나타났다!

롱거빌 어이구, 난 기어코 맹세를 깨뜨리고 말았다!

비론 (방백) 종이쪽지를 들고 오는 꼴을 보니, 서약을 파기한 것 같군.

왕 (방백) 아마 사랑에 빠진 모양이다. 수모를 같이 당할 동료가 또 생겼다!

비론 (방백) 술주정꾼들끼린 사이가 좋게 마련이지.

롱거빌 서약을 깨뜨린 건 내가 처음일까?

비론 (방백) 이미 두 사람이 있다고 말해주고 위로해줄까. 네가 포함되면 생기는 거다. 성직자의 삼각모

도 될 거야. 아니 멍청이를 처치하기 안성맞춤인 사랑의 교수대의 삼각형이 되겠지.

롱거빌 이 따위 딱딱한 시구로선 감동시키기 힘들 거다. 오, 사랑하는 머라이어여, 내 사랑의 여왕이시어! 이 시는 찢어버리고 산문으로 써야겠다.

비론 (방백) 시는 개구쟁이 큐피드에 꼭 어울리는 바지 장식인 걸. 그러다가 그 애 바지 꼴이 보기 싫게 될지 모른다.

롱거빌 그럼 이 시로 해볼까. (그는 소네트를 읽는다.)

"내 마음을 구슬리며 맹세를 깨뜨리게 한 것은
온 세상이 거역하려 해도 거역할 수 없는
그대 눈의 거룩한 속삭임이 아니었던가?
그대 때문에 깨뜨렸다고 맹세가 어찌 죄가 되나?
나의 맹세는 여자를 멀리하는 것이오.
그대는 여신이오니 어찌 여신을 멀리하리.
나의 맹세는 지상의 것 그대는 천상의 사랑.
그대의 은총을 얻는다면 나의 모든 치욕은 이슬처럼 사라진다.
맹세는 입김에 지나지 않으며 입김은 수증기와 같은 것.
그대는 지상에 빛을 내려주는 아름다운 태양,
수증기 같은 맹세를 그대 가슴속에 들이마셔주오.
이 몸이 깨뜨린들 맹세가 어이 죄가 되리요.
비록 맹세를 깨뜨리나 낙원을 얻는다면
맹세를 안 깨뜨릴 스라소니가 어디 있으리."

비론 (방백) 지독한 상사병에 걸렸군. 인간도 신이 되는구나. 너절한 계집애를 여신으로 모신단 말야. 이거야 우상숭배도 유분수지. 신이여, 저희들을 구원해 주소서. 우린 모두 정신이 헷가닥 돈 모양이야!

듀메인 종이쪽지를 들고 등장.

롱거빌 이 편지를 누굴 시켜서 보내지? — 누가 온다! 가만 있자! (비켜선다)

비론 (방백) "꼭꼭 숨어라, 꼭꼭 숨어라"— 이건 어린애 숨바꼭질이로군. 신처럼 하늘 높이 앉아서 바보들의 비밀을 몽땅 조심조심 엿들어본다. 또 온다. 또 오는군. 이것도 내가 바라는 거지! 듀메인도 마음이 변했나 보다! 이렇게 되면 한 접시에 네 마리의 바보 도요새로군!

듀메인 오, 청순하고 신성한 케이트여!

비론 (방백) 이 비속하고 너절한 쑥맥아!

듀메인 참으로 인간의 눈에 비치는 경이로움이 아닌가!

비론 (방백) 거짓말이다, 경이가 무어냐, 흔해 빠진 계집앤 걸!

듀메인 그녀의 호박색 머리칼 앞엔 진짜 호박도 추하다고 했잖은가.

비론 (방백) 호박색 까마귀라는 게 차라리 낫겠다.

듀메인 삼나무처럼 몸매가 쭉 뻗고.

비론 (방백) 새우등이다. 어깨에 어린이가 타고 있다.

듀메인 대낮처럼 밝은 모습.

비론 (방백) 그래, 낮은 낮인데, 구름이 꽉 꼈지.

듀메인 오! 내 소원이 이루어졌으면!

롱거빌 (방백) 나도 그랬으면!

왕 (방백) 아, 나도 그랬으면 한다!

비론 (방백) 아멘! 나도 그렇지! 그렇게 말해야 하는 것이 아닌가?

듀메인 (탄식하며) 차라리 그녀를 잊어 버렸으면 얼마나 좋겠는가. 그러나 그녀는 내 핏속을 차지하고 날뛰는 열병이니 잊으려야 잊을 수가 없구나.

비론 (방백) 핏속의 열병이라구? 그렇다면 수술이지. 뽑아내면 여자가 접시에 흘러 담겨지니 그럴듯한 짓이 아닌가?

듀메인 내가 지은 이 사랑의 시를 다시 한 번 읽어보자.. (읽는다)

비론 (방백) 한번 더 들어볼까, 사랑으로 바뀌어진 바보 노름의 꼴을.

듀메인 (소네트를 읽는다)

어느 날— 아, 슬픈 그날!—
사랑, 사랑의 달인 오월에
아름다운 한 송이 꽃이 있어
산들바람과 속삭이는 걸 보았네.

바람은 푸르른 잎새를 헤치고
남모르게 꽃가에 다가섰네.
사나이는 사랑에 애가 타고나서
차라리 산들바람이 되고 싶었다네.
그가 말하노니 "바람은 그대의 볼을 어루만지니
이 몸도 바람의 영광을 얻고 싶었지만!
아, 나는 서약을 한 나의 손이
어이해 꽃 같은 그대를 꺾을 수 있으리요.
아, 맹세란 젊은이에게는 부당하기 그지없는 것
꽃을 꺾고 싶은 심정이 젊음이거늘.
맹세를 깨뜨렸음은 그대 위해 한 것이니
나만의 죄라고 부르지 말아다오.
조오브신도 그대 때문이라면
주노를 추악한 여자라고 맹세하며
그대 사랑 위해서 신의 자리를 박차고
하나의 인간이 되기 원할 것이요."

이걸 보내야겠다. 참다운 사랑에 애타는 자의 괴로움을 절실하게 나타내는 말을 좀 더 적어서 함께 보내야지. 전하께서도 그리고 비론도 롱거빌도 모두 나처럼 사랑에 빠져 주었으면 얼마나 좋을까! 전례가 있다면 맹세를 깨뜨리는 나의 죄도 이마에 낙인이 찍히지는 않을 것이 아닌가. 모두가 사랑에 빠져있다면 누구도 죄인이 될 수 없단 말이야.

롱거빌 (앞으로 걸어 나오며) 듀메인, 너의 사랑은 도저히 용서받을 수 없다. 상사병에 괴로워하는 동지를 구하다니 말이 되는가? 얼굴이 새파랗게 질렸군, 나 같으면 얼굴을 붉힐 일이건만. 말을 엿듣게 되고, 이렇게 현장에서 꼬투리가 잡혔으니 말이지.

왕 (앞으로 걸어 나오며 롱거빌에게) 자, 얼굴을 붉혀야지. 경도 꼭 같은 죄인 아니오. 그런데 남을 꾸짖고 야단을 치다니, 경이야말로 두 배나 죄를 짓고 있는 거요. 경은 머라이어를 사랑하고 있지 않다! 여자 때문에 시를 짓고, 사랑의 괴로움을 달래기 위해, 가슴팍 위에다 팔짱을 끼고 있은 일이 결코 없다는 건가? 나는 저 숲 속에 숨어서 모두 샅샅이 보았다. 두 사람 때문에 민망해서 내 얼굴이 다 붉어졌고. 나는 두 사람이 죄 많은 시를 읊조리는 것도 들었고, 거동도 낱낱이 봤으며, 한숨을 쉬고 신음하는 모습도 다 눈여겨 보았다. 한쪽이 "아!" 하면 다른 쪽은 "오 조오브여!" 하고 외치고, 한쪽이 자기 애인의 머리가 금발이라 하면, 다른 쪽은 눈이 수정알 같다고 했고. (롱거빌에게) 경은 사랑의 낙원을 위해서라면 맹세를 깨뜨리겠다고 했고. (듀메인에게) 경은 애인을 위해서라면 조오브 신도 맹세를 깨뜨릴 거라고 했지. 굳게 맺은 맹세를 이렇게 버린 것을 비론이 알면 뭐라고 하겠는가? 얼마나 조롱하겠나, 얼마나 놀려댈 거구! 정말이지 승리에 들떠 날뛰고 덩실거리며 웃어댈 게 아니오! 나 같으면 천하의 모든 보화와 바꾼다해도 이런 일만은 그에게 들키고 싶지 않아.

비론 (방백) 뛰어나가서, 저 위선자들을 골탕먹여 줄까. (앞으로 걸어나오며) 아, 전하 황송하오나 전하께선 이 자들이 사랑을 한다고 나무라시온대 전하께서도 열렬한 사랑을 하고 계시다면 어찌 되나이까? 전하의 눈에서는 전차도 안나오고, 전하의 눈물 속에는 어느 공주님의 모습도 비친 일이 없으시겠죠. 물론 맹세를 깨뜨리신 건 심히 증오할 일이니까요. 그렇죠, 음유시인도 아닌데 시 따위는 지을 리도 없으실 거구요. 그러니, 부끄럽지 않으십니까? 세분이 모두 그렇게 잘못 나아가시니 말이죠. (롱거빌에게) 너는 듀메인을 생각하고 그의 흠을 발견하였고, 전하께서는 너의 흠을 목격하셨네. 그러나 난 세분의 약점을 이 눈으로 똑똑히 보았다. 참으로 딱한 일을 본 것이지, 땅이 꺼지라고 한숨을 짓고, 신음을 하고, 슬퍼하고, 괴로워하는 광경이라니 볼만한 장면이었으니! 웃음을 참고 보느라고 한 고생을 했지. 전하께서 각다귀로 변하는 모습이라니! 또 천하장사 허큘리스는 팽이를 치고, 현명한 솔로몬 왕이 속된 유행가를 부르고, 늙은 네스터장군이 머슴애들을 데리고 바늘치기를 하고, 독설가 타이먼이 시시한 것을 보고 웃고 있는 걸 보았지. 듀메인, 너의 슬픔은 어디에 깃들여 있지? 롱거빌, 너의 고통은 어디에 있고? 전하께서는 아프신 곳이 어디옵니까? 모두 가슴이 아프신가요. 여봐라, 따끈한 술을 가져 오너라!

왕 경의 농은 지나치게 심하다. 우리는 경에게 보기 좋게 일을 당하게 됐군.

비론 아니올습니다, 여러분이 아니라 제가 당한 겁니다. 원래 천성이 강직한지라 한번 한 맹세를 깨뜨리면 죄라고만 믿어 왔으니까요. 말씀드리기 황공하오나, 그러한 제가 절도 없는 분들과 상종하다가 욕을 받은 셈입니다. 제가 사랑노래를 짓는 것을 본 일이 있습니까? 촌뜨기 처녀 때문에 신음하거나, 몸단장을 한 일이 있습니까? 또, 여자의 손이나 발이나 얼굴이나 눈이나 걸음걸이나 서 있는 모습 그리고 표정이나, 가슴, 허리, 다리, 또는 팔다리를 칭찬하는 일이 있었던가요?

왕 기다려! 어딜 서둘러 가는 건가? 도둑이나 그렇게 뛰어가는 법이오.

비론 연애로부터 피해 달아나는 겁니다. 빨리 가렵니다.

재크네타와 코스터드 등장.

재크네타 전하, 문안드리옵니다.

왕 그 소장은 무엇인가?

코스터드 대역죄라는 겁니다.

왕 대역죄라니, 무슨 소리인고?

코스터드 예, 아무 것도 아니올시다.

왕 아무 것도 아니라? 그럼, 반역인가 무언가 하고 사이좋게 돌아가는 게 좋다. 어서 물러가라.

재크네타 전하, 제발 이 서장을 읽어 주십시오. 마을의 신부님께서는 의심을 하시며 '이건 반역이다'라고 하셨답니다.

왕 비론 경, 읽어보오. (왕, 서장을 비론에게 준다.) (재크네타에게) 누구한테서 이 서장을 받았느냐?

재크네타 코스터드한테서요.

왕 넌 누구한테서 받았지?

코스터드 예, 던 아드라마디오한테서이옵니다. (비론, 서장을 찢어버린다.)

왕 허허, 왜 그러오! 왜 서장을 찢어버리나?

비론 하찮은 것이옵니다! 전하께옵선 심려하실 것이 못 되옵니다.

롱거빌 흥분하는 걸 보니, 무슨 곡절이 있는 듯 합니다.

듀메인 (찢어진 서장조각을 긁어모으며) 이건 비론의 필적이며, 여기에 그의 서명도 있습니다.

비론 (코스터드에게) 야, 이 쓸개빠진 멍충이야, 넌 내 얼굴에 먹칠하려고 태어난 놈이냐. (왕에게) 전하, 용서하여 주소서, 용서를! 자백을, 자백을 하겠습니다.

왕 뭐라고?

비론 제가 빠져 바보가 셋이 됐습니다만 이제 이 사람을 합치면 4인조가 됐습니다— 저자와 이자와 그리고 전하, 당신과 저까지 모두가 사랑의 소절도범이오, 사형감들입니다. 저 구경꾼들을 물러가게 해 주십시오. 다 말씀드리겠습니다.

듀메인 이젠 짝수가 맞는군.

비론 그렇지, 정말 우린 4인조요. 산비둘기들(연인들)은 안 갈 건가?

왕 물러들 가거라!

코스터드 정직한 사람은 저리 가구, 거짓말쟁이들만 남으라는 거다. (코스터드와 재크네타 퇴장)

비론 사랑에 넋을 잃은 사나이들, 자 우리 포옹합시다! 이래야만 살과 피로 된 진짜 인간이 아니겠나. 바닷물엔 썰물과 밀물이 있고, 하늘엔 청명한 날이 있듯이, 청춘의 피는 낡고 녹슨 규칙에 속박되지 않는 법. 인간이 어떻게 타고난 본능을 거역할 수 있겠습니까. 그러니 맹세를 깨뜨릴 수밖에 없습니다.

왕 그렇다면 찢어버린 종이엔, 경의 사랑의 말이 담겨 있단 말이오?

비론 "사랑의 말이 담겨 있냐구요?" 천사 같은 로잘라인을 보았을 때, 동녘하늘에 찬란히 떠오르는 아침햇살에 현혹된 인도의 토인처럼, 경건히 머리 숙여 눈을 감고 순종하는 마음으로 땅바닥에 부복하지 않는 사람이 이 세상에 어디 있겠습니까? 독수리처럼 이글거리는 눈을 가졌다해도, 그녀의 천사 같은 얼굴을 우러러보면, 그 위엄에 그만 눈이 부시어 앞을 볼 수 없게 됩니다.

왕 저렇게 흥분하니 미쳐도 보통 미친 게 아니로군. 내가 사랑하는 공주가 우아한 달님이라면, 경이 연모하는 그 여잔 달 언저리의 빛조차 희미한 별밖에 못되는 것을 가지구.

비론 그럼 신의 눈은 눈이 아니고, 이 몸은 비론이 아닐 겁니다. 오, 저 애인이 없다면, 밝은 낮도 캄캄한 밤이 되고 말 것입니다. 어여쁜 그녀의 볼에는 이 세상에서 빼어난 아름다움들이 시장을 이루며 모여 있습니다. 그곳엔 모든 미덕이 모여서 하나의 높은 품위를 풍기고 있어, 부족한 것이라고는 티끌만큼도 없답니다. 온갖 우아한 말을 빌려주신다면— 아니, 그따위 분칠한 미사여구는! 오, 그녀에겐 소용없으니까! 파는 물건에는 장사치의 칭찬이 따르기가 일쑤이지만, 그녀는 이미 칭찬 같은 건 초월해 있습니다. 어설픈 찬양은 오히려 그녀에게 오욕이 됩니다. 속세를 버리고, 백년의 세월을 살아온 쭉정이가 다 된 수행자도, 그녀의 눈만 보면 오십 년은 젊어질 겁니다. 아름다움에는 젊게 하는 마력이 있으니까, 지팡이를 팽개치고 새로운 생명을 불어넣어 주는 마력이 있습니다. 오, 아름다움이야말로 만물을 빛나게 하는 태양입니다!

왕 하나 경의 애인은 흑단처럼 새까맣지 않은가.

비론 흑단 같다구요? 오, 흑단이야말로 신성한 나무입니다! 그런 신성한 나무를 닮은 아내를 갖는다는 건 다시없는 행복이라고 하겠습니다. 오, 누가 맹세를 주관해 줄 수 있습니까? 그곳에 성서가 있는지요? 그녀 같은 눈길을 갖고 있지 않으면 또 얼굴이 그녀처럼 검지 않으면 아무도 미인이 될 수 없습니다.

왕 오, 역설도 이만저만이 아니군! 검은빛은 지옥의 표지이며, 토굴의 빛깔이며, 소위 밤의 학파 (역자주 : 무신론자들의 학파인 듯)란 말이오. 아름다움의 장식은 하늘의 빛과 같은 법.

비론 빛을 발하는 천사같이 보이는 여자는 악마랍니다. 그자들이 사람을 유혹합니다. 오, 신의 애인의 얼굴빛이 검다는 것은 분이나 바르고 가발을 달아 거짓된 얼굴 모습에 속아, 넋을 잃게 한 나머지 안타깝게 여기기 때문입니다. 검은 빛깔이야말로 참으로 아름답다는 걸 보여주기 위하여, 그 여자는 이 세상에 태어났다 이 말이랍니다. 그 검은 얼굴빛이 지금은 이 세상의 유행을 바꿔놓고 있지 않습니까. 본바탕의 색깔도 지금은 분바르고 화장한 것처럼 인정하게 되었답니다. 그래서 요즘엔 비난이 두렵다고 신의 연인을 모방하여 핑크색 얼굴조차 검게 화장하게 됐습니다.

듀메인 그 여자를 닮으려면 굴뚝 청소를 하면 되겠군.

롱거빌 그럼 탄광부도 미남이 되겠는걸.

왕 그럼, 에티오피아 사람도 얼굴 빛깔을 자랑하게 되겠군.

듀메인 검은 빛깔이니 촛불이 필요 없겠군. 바로 어둠이 그 빛이 되니 말야.

비론 여러분의 애인은 비오는 날엔 밖에 나다니지도 못할 것이오.

왕 경의 여자가 비를 맞게 하는 것이 좋겠군. 솔직히 말해서 난 오늘 얼굴을 씻지 않아도 더 예쁜 미인을 만나게 될 것 같으니까.

비론 그녀가 미인이란 사실을 증명하렵니다. 그렇게 안되면 최후의 심판 날까지 계속 말하겠습니다.

왕 그날에 나타날 어떠한 악마도 그녀만큼 추하지 않을 것이니, 경이 놀라워 할 일은 아니겠지.

듀메인 그런 추물단지를 저렇게 애지중지하는 건 난생 처음 보았군.

롱거빌 (비론에게) 자 보라구, 이것이 바로 자네 애인이라구. (검은 구두를 보인다) 이것이 내 발이고 동시에 그 여자의 얼굴이지.

비론 오, 자네 눈알로 거리의 포석(鋪石)을 대신해서 깔더라도, 그녀의 귀여운 발이 그 더러운 길을 밟고 가는 것이 안쓰럽단 말이다.

듀메인 맙소사! 당신 애인이 길을 걸어간다면 그 거리가 밑에서 위를 쳐다봐야 하니, 그걸 어쩐담.

왕 뭐 때문에 이러는가? 우리 모두 사랑의 동지가 아닌가?

비론 그것만은 사실입니다. 그러니까 모두 맹세를 깨뜨린 파괴자입니다.

왕 그렇다면 쓸데없는 시비는 그만두고, 비론 경, 우리들의 연애가 정당하니 맹세를 깨뜨린 것이 아니라는 것을 증명하도록 하라.

듀메인 네, 그렇습니다. 자, 부탁하네, 저지른 잘못을 감싸줄 그럴듯한 변명을 말입니다.

롱거빌 그렇지, 어떻게 처리를 하여야 할지. 악마라도 속여 넘길만한 묘책이나 핑계거리 말이오!

듀메인 깨뜨린 맹세에 바를 좋은 고약 말예요.

비론 그거야 필수 불가결한 것입니다. 내 말 좀 들어보세요, 사랑의 용사 여러분! 첫째 여러분은 무엇을 맹세했는가 돌이켜 생각해 봅시다. 단식을 한다, 공부를 한다, 여자를 멀리한다― 등이죠. 그것은 청년다운 훌륭한 자격에 대한 큰 반역입니다. 그래, 단식을 할 수 있습니까? 단식하기엔 여러분의 위가 너무나 젊습니다. 억지로 금욕하면 병이 생기는 법입니다. 여러분은 학문을 닦겠다고 맹세를 한 것은 좋지만, 그렇게 함으로써 여러분은 학문 때문에 가장 중요한 교과서(역자주 : 여인의 얼굴)를 버렸습니다. 그래가지고는 어찌 관찰하고 사색하고 할 수 있단 말입니까. 전하, 여자 얼굴의 아름다움을 제쳐놓고, 전하께서나 당신이나, 또 자네나 귀하나, 학문의 귀중한 근거를 언제 발견할 수 있단 말입니까? 신은 여자의 눈에서 도출한 학문입니다만 여자의 눈이야말로 모든 학설의 논거요, 교과서이요, 학교요, 인간에게 생명을 불어 넣어주는 프로메테어스의 불꽃이란 말입니다. 그러니 늘 공부만 열심히 하면, 동맥 속을 흐르는 활기찬 정신을 마비시키고 마는 것이에요. 아무리 건강한 여행가라도 계속 쉬지 않고 걷기만 하면 결국은 지쳐버리고 마는 것처럼 말입니다. 지금 여러분은 여자의 얼굴을 보지 않음으로, 눈의 효용을 다시 말해서 여러분 맹세의 주목적인 학문조차도 포기한 것입니다. 왜냐하면 여자의 눈처럼 아름다움을 가르치는 책이 이 세상 어디에 있단 말입니까? 학문이란 인간의 부수물에 지나지 않으며, 인간이 존재하는 곳에만 학문이 있을 수 있는 법입니다. 말하자면 부인들 눈동자 속에 우리들의 모습을 발견한다면 거기에서 곧 우리의 학문도 찾게된 거나 다름없습니다. 오, 여러분, 우리는 학문에 전념한다고 맹세하였으나 그 맹세는 바로 인생독본(교과서)을 패대기치고 말았습니다. 그런데 전하께서나 그대나 자네나 당신이, 납처럼 무거운 명상 속에 잠겨 있었다면, 저 미의 스승인 매혹적인 눈이, 가슴이 메어지도록 불러 일으켜 준 열렬한 시구가 떠오를 수 있었겠습니까? 다른 둔한 학문은 줄곧 뇌 속에만 잠겨 있을 뿐, 실제로 활용도 되지 않고, 많은 노력을 한데 비하면 보람이 없다고 할 것입니다. 그러나 사랑의 지식은 부인의 눈에서 배우게 되면, 뇌수 속에 죽치고 있지 않고, 바람과 같이 자유롭고, 빠르게 신체의 모든 부분을 치달려, 요소요소에 힘을 배증하여, 그 원래의 기능보다 훨씬 크게 역할을 하게 합니다. 사랑은 보다 밝고 예민한 눈을 갖게 합니다. 그러니까 바라보는 눈초리에는 독수리도 눈이 멀고 맙니다. 사랑하는 사람의 귀는 밝디밝아서, 도둑의 날카로운 귀에도 들을 수 없는 모기소리 같은 것도 놓치지 않습니다. 사랑의 감촉은 달팽이의 부드러운 촉각보다도 부드럽고 더 섬세하게 느껴집니다. 사랑의 미각은 주신 박카스의 맛의 감각도 오금을 못쓰게 할 정도입니다. 사랑의 용기로 말한다면, 헤스페리디스 과수원에서 용이 지킨다는 황금능금나무 위에 기어오르는 허큘리스의 용맹과 비슷합니다. 지혜는 스핑크스처럼 슬기롭고 목소리는 아폴로 신이 금발로 줄을 맨 비파소리처럼 아름답습니다. 사랑이 입을 열면 천상의 신들이 소리를 맞춰 합창하여, 온 우주가 황홀해진다고 합니다. 사랑의 한숨이 잉크에 불어넣어져야지 시인도 감히 펜을 들게 된다고 합니다. 아, 그 때야말로 그의 시구는 야만인도 넋을 잃게 하며, 폭군의 가슴에 부드러운 마음을 심어주게 됩니다. 소인은 여자의 눈에서 이런 교리를 배웠습니다. 여자의 눈엔 프로메테우스의 불길이 항상 타고 있으며, 여자의 눈은 교과서이며, 학문이자, 학교이며, 온 세상사람들에게 인생을 표시하며, 함축하며, 양육하는 것입니다. 이것 이외에 이 세상에 훌륭한 것이 또 어디 있겠습니까? 그러니 여자를 멀리 하겠다고 맹세한 여러분은 바보였습니다. 그 맹세를 지키려고 하면 더욱 더 바보가 되고 마는 것입니다. 모든 남성 모든 사람이 사랑하는 지혜를 위해서, 또 모든 남자를 즐겁게 해 주는 사랑을 위해서라도, 여자를 낳게 만든 남자를 위해서, 또 모든 남성들을 남자답게 만들어주는 여성들을 위해서, 자, 우리는 맹세를 패대기치고 우리 자신을 도로 찾으십시다. 안 그러면 그 맹세를 지키는 대신 우리 자신을 잃고 마는 겁니다. 우리가 이러한 맹세를 깨뜨린다 해도 그것은 종교에 맞는 것이에요. 왜냐하면 자비야말로 신의 율법이며, 사랑은 자비심과 떼어놓을 수 없는 것이니까요.

왕 그럼, 성 큐피드 이름 밑에! 우리 용사들(역자주

: 세 사람의 귀족)! 진군이다!

비론 군기를 앞세우시오. 적을 향해 돌격합시다! 신나게 쳐들어갑시다! 그러나 전투할 때 주의할 점은 햇빛을 등지고 싸워야 됩니다.

롱거빌 그렇게 빙빙 돌려서 말하지 말고, 솔직히 말하지 그래. 프랑스 아가씨들에게 사랑을 호소하자는 거지?

왕 어찌 호소만 하리, 승낙도 얻어야 돼. 그러니까, 그녀들의 천막 안에서 뭔가 재미있는 놀이를 고안해야 하오.

비론 우선 이 비원에서부터 모시도록 합시다. 각자 아름다운 자기 애인의 손을 잡고요. 오후엔 짤막하게 할 수 있는 재미있는 여흥을 갖고 그녀들을 위로하도록 합시다. 아름다운 사랑이 나설 때는, 언제나 연회, 무용, 가면극, 기타 즐거운 여흥들을 갖기 마련이고, 애인이 가는 길에는 꽃을 뿌리는 법이라던데.

왕 어서 빨리들 갑시다! 사랑을 위해선 이용할 수 있는 시간을 일각이라도 헛되이 놓쳐서는 아니 되오.

비론 갑시다! 진군이오! 콩을 심어야 콩이 나오는 법. 인과의 수레바퀴는 정확하게 돌고 도는 법이니. 맹세를 깨뜨린 사내에겐 엉덩이 가벼운 계집이 알맞은 것이라. 그러니까 싸구려 동전으로는 좋은 보석은 살 수 없는 법이오. (모두 퇴장)

제 5 막

그래, 지중해의 조수에 걸고 말하지만
정말 훌륭한 솜씨다. 기발하고 날쌘 공격이란 말이다!
— 착하고, 척하고 하더니 급소 일격이라. 나의 지성을
즐겁게 해주니. 참으로 멋진 재치야!
-1장 아마도의 대사 중에서

제1장 같은 장소

홀로퍼니스, 나다니엘 신부, 덜 등장.

홀로퍼니스 「포식했으니 푸짐한 대접이었죠(Satis quod sufficit)」.

나다니엘 선생은 정말 훌륭했습니다. 오늘 오찬 석상에서 선생이 하신 연설은 날카로웠고 그 속에는 교훈이 담겨 있었습니다. 속되지도 않았고 흥미진진했으며 조금의 가식도 없이 재치가 있었고, 거만스럽지도 않고 대담스러웠으며, 비판적이지 않으면서도 박식하였고, 이단적이진 않았으나 논조는 기발하셨습니다. 나는 어제 전하의 빈객이시며 칭호와 성명이 돈 아드리아노 드 아마도라는 분과 면담했답니다.

홀로퍼니스 「나도 신부님을 알고 있듯 그 사람을 잘 알고 있어요(Novi hominem tanquam te)」. 성품이 고상하고, 변론은 단정적이고, 용어는 세련되고, 눈은 야심에 불타고 있고, 걷는 모양이 위풍당당하긴 한데, 그의 태도 전체를 보면 허세부리고, 우스꽝스럽고, 잘난 체 거들먹대지요. 너무 깔끔하게 단정하고 말쑥한데다 체하는 점이 있어 기이할 정도지요. 소위 방방곳곳을 떠돌아다니는 풍류 방랑객이라고 할만 하지요.

나다니엘 풍류 방랑객이라, 그것 참 독특하고 멋진 딱지군요. (공책을 꺼낸다)

홀로퍼니스 그 사람은 의논의 주제보다는 장황하게 미사여구를 짜내는 자죠. 나는 그런 미친듯한 기인(奇人)은 딱 질색이에요, 비사교적이며 좀스럽고 철자법을 못되게 남용하는 인간 따위는 말입니다. 예를 들면 마땅히 「다우트(doubt)」라고 해야 할 것을, 단순히 「두트(dout)」라고 하고, 「debt」 — 즉 d, e, b, t 라고 해야 할 것을 「데트(det)」라 하고, 「카프(calf)」를 「코프(cauf)」로, 「해프(half)」를 「호프(hauf)」로, 「네이버(neighbour)」를 「네보(nebor)」라고, 「니이(neigh)」를 줄여서 「네(ne)」로 하는 따위 말입니다. 그런 것은 「애버미너블(abhominable)」 인데 이를 「아보미너블(abbominable)」 로 하지 뭐예요. 혹시 나도 정신 이상이 되지 않았나 싶습니다. 「내 말 알아들으시겠어요(ne intelligis, domine)」? 정말 미칠 지경입니다.

나다니엘 「신을 찬미할지어다(Laus Deo, bene intelligo)」, 나는 잘 이해할 수 있습니다.

홀로퍼니스 「훌륭해요, 훌륭해요, 매우 훌륭해요(bon, bon, fort bon)」! 문법에는 좀 결점을 주었으나 그만하면 좋습니다.

아마도, 모드, 코스타드 등장.

나다니엘 보세요, 누가 오고 있지 않습니까(Videsne quis venit)?

홀로퍼니스 참 그렇군요, 고맙습니다 (Video, et guadeo).

아마도 (모드에게) 여봐라(Chirrah) !

홀로퍼니즈 「여봐라」가 다 뭐야(Quare 「chirrah」)?

아마도 평화의 사도들이시어, 만나 뵈니 반갑습니다.

홀로퍼니스 용맹하신 각하, 삼가 인사드리나이다.

모드 (코스터드에게 방백) 저분들은 말의 큰 잔치에 갔다가 잔치찌꺼기를 훔쳐온 모양이에요.

코스터드 (모드에게 방백) 오, 저 사람들이야 자선바구니의 날 찌꺼기만을 얻어먹고 지금까지 살아 왔겠지. 네 주인분이 널 말인 줄 알고 잡아먹지 않은 게 천만다행이야. 네 키는 라틴말의 제일 긴 말, 「호노리피카빌리투디니타티부스(honorificabilitudinitatibus)」라는 글자에도 대가리만큼은 모자라니 말이다. 그러니 술잔에 띄운 건포도보다 쉽게 삼켜 버릴 수 있을 텐데.

모드 쉿! 소리가 터져 나왔군.

아마도 (홀로퍼니스에게) 무슈, 선생께선 학문에 조예가 깊으시다죠?

모드 그럼요, 그럼. 아이들에게 알파벳 등이 있는 표지 책을 가르치고 있거든요. a와 b의 순서를 바꿔 놓고 머리에 뿔을 달면 무엇이 되죠?

홀로퍼니스 「꼬마(pueritia)」야, 그건 뿔이 돋친 「양(Ba)」 소리지, 뭐긴 뭐야.

모드 「바아」라고요, 뿔이 돋친 어리석은 양이군요. 저분 학문을 들으면 그런 거라구요.

홀로퍼니스 「무엇이 어째 (Quis, quis)」? 요 새끼 같은 자음 녀석아.

모드 선생님이 하시면 다섯 모음 중의 셋째이고, 제가 하면 그 다섯째죠.

홀로퍼니스 그럼 내가 해보지 a, e, I—

모드 「내(I)」가 「양(바보)」이란 거죠. 다른 두 글자로 끝납니다. 「오 당신(o U)」은 양이요.

아마도 그래, 지중해의 조수에 걸고 말하지만, 정말 훌륭한 솜씨다. 기발하고 날쌘 공격이란 말이다!— 착하고, 척하고 하더니 급소 일격이라. 나의 지성을 즐겁게 해주니. 참으로 멋진 재치야!

모드 물론 멋지죠. 어린아이가 멋진 노인어른에게 드리는 거니까요.

홀로퍼니스 그건 또 무슨 비유냐? 무슨 비유냔 말이다?

모드 뿔이란 거예요!

홀로퍼니스 풋내기가 고약한 소리하는구나, 넌 저리 가서 팽이나 치고 놀아.

모드 그 뿔 좀 빌려주세요. 그걸로 팽이를 만들어 자꾸 쳐서 그 창피함을 「뱅뱅 돌리죠(circum circa)」— 오쟁이진 서방의 뿔팽이를요.

코스터드 (모드에게) 젠장! 내게 1페니 동전만 있어도 그것으로 생강 떡을 사 먹으라고 줄 텐데. 야, 반

페니 짜리 재치 주머니야, 약삭빠른 비둘기 알 같은 꼬마녀석, 야 이거나 받아둬라. 네 주인님한테 받은 돈이다. 오, 하느님 덕택으로 너 같은 사생아를 뒀다면 얼마나 좋았겠느냐! 됐다, 너야말로 「재치가 똥바가지(ad dunghill)」까지 차 있단 말이다.

홀로퍼니스 「재치바가지(unguem)」를 「똥바가지(dunghill)」라니 무식한 말이구먼.

아마도 (홀로퍼니스에게) 학자 선생, 저리로 옮기십시다. 우선 이 무식한 패거리들을 비켜섭시다. 학자선생께선 저기 저 산꼭대기 학당에서 아이들을 가르치고 있지 않습니까?

홀로퍼니스 아니면 「산(mons)」이랄까, 언덕에서죠.

아마도 산이라면 그건 당신 뜻대로 생각하세요.

홀로퍼니스 물론 젊은이들을 가르치고 있습니다.

아마도 실은 국왕께서 오늘의 후반, 즉 대중들의 말로는 오후말입니다만 공주님 일행을 그분들이 머무르고 계신 천막에서 환영의 잔치를 베풀게 되었다고 합니다.

홀로퍼니스 귀공께서 오후를 하루의 후반이라고 말씀하심은 바로 타당, 합당, 정당한 표현입니다. 불초소생이 확언할 수 있습니다.

아마도 한데 국왕께서는 참으로 고결하신 분이십니다. 사실은 소생과는 막역한 사이며, 친한 친구죠. 이건 사사로운 일이니까 말씀드리지 않기로 하고, 그렇게 예의를 차리실 건 없습니다. 어서 모자를 쓰세요. 그러나 저러나 중대하고 긴요한 계획들 가운데 아주 중대한 것이 있습니다만— 그것도 말씀드릴 건 없구요. 그러나 꼭 말씀드려야 할 것은 말입니다! 전하께서는 가끔 소생의 어깨에 기대시고 그 귀하신 손가락으로 이 긴 머리카락이나 이 콧수염을 만지작거리시는 것을 무척 즐거워하신다는 겁니다. 그러나 그런 애기도 그만둡시다. 이건 꾸며낸 애기가 아닙니다만 전하께서 특별한 영예를, 온 세계를 주유(周遊)한 무인이오, 여행가인 이 아마도에게 내리실 모양이에요. 이런 애기도 그만두죠. 무엇보다도 중요한 건— 이것만은 비밀로 해주시기 바랍니다만— 전하께선 본인에게 귀여우신 공주님께 뭔가 재미있는 구경거리를 준비하라는 겁니다. 유쾌한 연극이나, 전시회나, 야외극, 광대놀이 또는 불꽃놀이 같은 것을 마련하라는 분부시죠. 그런데 저 신부님과 당신 자신은 그런 여흥을 신속히 꾸며내시는데 능하시다 하니, 이렇게 두 분에게 사정애길 여쭙고 그 일로 조력을 부탁드리는 바입니다.

홀로퍼니스 그렇다면 공주님께 「아홉명의 영웅전」을 보여 드리는 것이 좋겠군요. 나다니 엘 신부님, 늠름하고 고명하고 박식하신 이 신사 분께서 왕명을 받고, 오늘의 후반, 우리들이 도와드려 공주님이 보실 여흥을 마련해 달라고 오셨어요— 내 생각으론 「아홉명의 영웅전」이 가장 적합한 것 같군요.

나다니엘 그걸 할만한 멋진 배우를 어디서 구할 수 있겠는가?

홀로퍼니스 그럼 이렇게 하는 것이 어떻습니까? 신부님께선 조수어를 맡으시고, 나는 아니, 이 늠름하신 신사 분은 유다 마카비어스를 맡고, 저 촌뜨기에는 팔다리가 굵으니까 대 폼페이 역을 맡기고, 이 꼬마에게는 허큘리스 역을 맡깁시다.

아마도 실례입니다만 저 애는 안됩니다, 저 작은 몸뚱이는 그 영웅의 엄지손가락 크기만도 못하지 않습니까. 그의 곤봉 끝자락만큼도 못 되니까요.

홀로퍼니스 한 말씀 드릴까요? 저 꼬마는 어린 시절의 허큘리스를 시키도록 합시다. 등장 퇴장할 때마다 전설에 있는 것처럼 뱀을 한 마리씩 졸라 죽이도록 하면 되지 않겠어요. 그를 위한 변명은 제가 하리다.

모드 그것 참 멋진 생각이에요! 만일 구경꾼이 못마땅해서 야유를 던지거든 이렇게 외치세요. "잘 한다. 허큘리스, 이제 마지막 뱀을 졸라 죽이는 거지!" 라고 말예요. 그러면 어색한 경우일지라도 슬쩍 넘어갈 수 있지 않겠어요?

아마도 그럼, 다른 영웅들의 역은?

홀로퍼니스 제가 1인 3역을 맡죠.

모드 세 사람의 영웅이 되신단 말씀이군요!

아마도 또 한 말씀 드려야겠군요.

홀로퍼니스 경청하리다.

아마도 이게 적당치 않으면 광대놀이를 합시다. 자, 모두들 날 따라 오시죠.

홀로퍼니스 이봐요, 덜 순경! 아까부터 왜 말이 없는 거요?

덜 무슨 말씀을 하고 계신지 통 알 수 없었던 걸요.

홀로퍼니스 자! 당신도 한몫 껴야겠소.

덜 춤이라면 저도 추겠습니다. 아니면 북이라도 치죠, 「아홉명의 영웅전」 놀이 때 여러분들께 시골춤이라도 추게 해 드리죠.

홀로퍼니스 정말 우직한 사람이군 그래! 자, 준비하러 갑시다! (모두 퇴장)

제2장 같은 장소

공주, 머라이어, 캐더린, 로잘라인 등장.

공주 그래, 이렇게 선물이 많이 들어오니 떠나기 전 까진 우린 부자가 되겠어. 다이아몬드에 파묻힌 공주! 보라구, 저 다정하신 전하께서 보내 오신 선물을.

로잘라인 공주님, 선물 이외에 온 것은 없습니까?

공주 이것뿐이냐고! 아니지, 글도 왔어. 종이 한 장에 연정의 시를 앞 뒤 면에 여백을 꽉 채우고 잔뜩 적어 보내왔더라. 장소가 없다보니 큐피드의 이름 위에까지 봉인을 했더군.

로잘라인 그럼 큐피드도 좀 철이 들었겠네요. 그 앤 오천년 동안이나 아기로 있었지만.

캐더린 그래요, 고약하기 짝이 없는 악당이라구요.

로잘라인 넌 그 애하곤 사이가 좋아질 수 없지. 네 동생의 적이니까.

캐더린 내 동생은 그자 때문에 우울병에 걸려서 슬퍼하다가 그만 죽어 버렸지 뭐야. 만약 너처럼 마음이 명랑하고, 민첩하고, 활발했다면, 손자를 볼 때까지 살았을 거야. 너야 오래 살 거다. 옛말에 마음이 가벼우면 장수한다잖아.

로잘라인 이것 봐라, 무심한 말에 무슨 검은 뜻이 숨어 있지 않을까?

캐더린 검은 얼굴의 미인은 출랑댄다는 거지.

로잘라인 그 검은 속을 알아내려면 환한 불빛이 있어야겠어.

캐더린 그렇게 성을 내면 그 입김에 촛불이 꺼지니 그만 입씨름은 어두운데 묻어 두지.

로잘라인 그래 네가 하는 짓은 뭣이든 어두운 데서만 하는구나.

캐더린 너야 그렇지 않지. 엉덩이가 휘휘 들떠 있으니까.

로잘라인 그야 너처럼 무겁지 않으니까. 그래서 가볍지 뭐야.

캐더린 내가 무겁다구? 어머나, 날 업신여기는구나.

로잘라인 그야 그렇지, "고칠 수 없는 건 마음 쓸 것도 없다"고 하잖아.

공주 입씨름이 대단하구나, 멋진 재치시합 같다. 그런데 로잘라인, 너도 선물 받았어? 누가 보냈지? 뭐야?

로잘라인 제 말씀을 들어보십시오. 제 얼굴이 공주님처럼 어여쁘다면 제가 받은 선물도 훌륭한 것일 거예요. 그래도 이걸 보세요. 비론님 덕택으로 저도 시를 받았으니까요. 그 시의 형식은 맞습니다만 그 내용에 틀림이 없고 진정이라면 전 이 세상에서 가장 아름다운 여신이 되는 겁니다. 절 이만 명의 미인에다 비해서 칭찬하며 써 놓았어요. 아, 그리고 그 서한에 제 그림이 그려져 있답니다!

공주 닮은 데가 있었나?

로잘라인 검은 글씨로 잘 쓰긴 했습니다만 칭찬은 그저 그래요.

공주 검은 잉크 빛처럼 예쁘다는 거군—멋진 말이야.

캐더린 습자 책의 B자처럼 거무칙칙하게 예쁠 테지.

로잘라인 연필에 조심하라, 그런 말하다가는 나중에 꼭 당할 걸! 이 앙갚음은 내 눈에 흙이 들어가기 전에 꼭 해준다구. 달력의 일요일 빨간 글씨, 금빛글씨 계집아이야, 네 얼굴이나 곰보 투성이가 되지 않도록 하려무나!

공주 그런 쌍스런 농은 그만 둬! 싫단 말이다! 그나저나 캐더린, 듀메인이 뭘 보내왔지?

캐더린 이 장갑예요, 공주님.

공주 한 짝을 보냈다구?

캐더린 천만에요, 양쪽 다 왔어요. 그리고 진실한 사랑의 시를 몇천 줄이나 써 왔어요. 엄청난 위선의 증거예요. 정말 멋없는 문체에 밋밋한 내용이에요.

머라이어 제겐 롱거빌님이 이 편지와 이 진주 목걸이를 보내 왔이요. 편지의 길이가 반 마일이나 된 것 같아요.

공주 정말 그렇군. 네 욕심 같아선 목걸이가 편지보다 길었더라면 좋겠지?

머라이어 그럼요, 안 그럼 전 이 손을 이렇게 꼭 붙이고 있겠어요.

공주 애인을 이렇게 조롱하다니, 우린 모두 영특한가 봐.

로잘라인 그 분네들은 정말 바보들에요, 이렇게 조롱을 사고 있으니 말예요. 떠나기 전에 그 비론이라는 사람을 한바탕 곯려줘야겠어요! 아, 그 사람이 내 손아귀에 들어 올 기색만 보여봐라! 알랑수를 떨게 하고, 구걸을 하게 하고, 애원을 하게 하고, 한없이 기다리다 시간을 인식시키고 하찮은 시를 짓느라고 온갖 지혜를 짜내게 하고, 무엇이든 나의 명령에 고분고분 따르게 하고 익살을 부려 그자가 나의 기분을 맞추는 걸 영광으로 생각하며 내 기분을 맞추게 하겠어요! 칼자루는 제가 쥐고 있는 셈이죠. 그 사람은 저의 광대요, 전 그 사람의 운명의 여신이니까요.

공주 그물에 걸려들기만 하면, 영리한 사람일수록 바보가 되니 정말 잡았다고 해야 하는 건지. 지혜 속에서 부화된 우둔함은 지혜의 보증이 있고, 학문이 있으니, 유식한 바보일수록 지혜의 장치가 있으니 넘어가는 수가 많아.

로잘라인 젊은이의 피가 아무리 들끓어도 근엄한 노인의 늦바람 부리는데는 당하지 못할 거예요.

머라이어 바보가 해치우는 바보 같은 짓은 영리한 자가 눈이 멀어 저지르는 바보짓처럼 눈에 띄지는 않는답니다. 그러나 영리한 자는 모든 지혜를 동원하여 바보짓을 감추려고 바동대니 더 우스꽝스러워지는 거지요.

보이엣 등장.

공주 보이엣이 오는군. 밝은 얼굴인 것을 보니 재미 있는 일이 있는 모양이군 그래.

보이엣 오, 웃다가 배꼽이 빠지겠네! 공주님은 어디 계시나요?

공주 보이엣, 무슨 일예요?

보이엣 공주님, 준비를, 싸울 준비를 하십시오! 다른 여성들도 무장을 하세요! 여러분, 평화를 깨뜨리려고 적이 쳐들어오고 있습니다. 사랑이 변장을 하고 오는 겁니다. 의논으로 무장을 하고 기습해오고 있습니다. 지혜를 총동원하여 방어를 하세요. 그렇지 않으면 겁쟁이처럼 머리를 숨기고 빨리 도망치세요.

공주 성 큐피드여, 성 데니스여, 우릴 보호해 주소서! 도대체 우리들에게 입씨름을 걸어오는 적이, 어떤 사람들이냐? 정찰한 실정을 소상히 말해 봐요.

보이엣 실은 본인이 서늘한 단풍나무 그늘 밑에서 약 반시간쯤 눈을 붙이고 쉬려고 하였습니다만, 바로 그 때 잠을 방해하는 자들이 있어 바라보았답니다! 전하와 그 학우들이 그늘 쪽으로 오고 있지 않겠습니까. 그래서 제가 슬그머니 옆에 있는 숲 속에 몸을 숨겨 그들이 말하는 것을 엿들은 겁니다. 그 내용인즉 얼마 안 있어 그들이 변장을 하고 이리로 오는 것입니다. 예쁜 장난꾸러기 꼬마 시동이 전령으로 올 겁니다요. 그자는 대사를 죄다 암기하고 있었고, 몸짓하며 말의 억양하며 일체를 배우고 있었습니다. "말은 이렇게 해야 돼. 몸짓은 이렇게 해라" 하는 등 일일이 배우는 거죠. 공주님의 위엄 앞에 그 꼬마 녀석이 실수나 하지 않을까 걱정이 되어 전하께서는 이렇게 말씀하였답니다. "얘, 넌 지금 천사를 만나러 가는 거다. 그러니 조금도 두려워하지 말고 대담하게 말씀드려야 한다" 그러자 그 꼬마 녀석은 "천사라면 악하지 않아요. 그분이 악마 같으면 무섭지만요"하고 대답하더군요. 이 말을 듣자 모두 깔깔 웃으며 놈의 어깨를 쳐주니, 그 배짱 좋은 익살꾸러기가 점점 더 으쓱대지 않겠어요. 그러자 한 사람이 팔꿈치를 비비며 싱긋 웃고선, "이렇게 멋진 말은 처음 들었다"고 하였고, 또 다른 한 사람은 손가락을 튀기며 "자! 올 테면 와 봐라, 다 해치우고 만다." 이렇게 외쳤고, 또 깡충 뛰며 "만사형통이다."하고 소리 지르는 사람이 있었는가 하면, 또 어떤 사람은 발끝으로 돌다가 그냥 넘어지지 않겠습니까. 그리고선 모두 땅 위에 쓰러져서, 뒹굴며 얼마나 열심히 그 고약한 발작에 웃어댔던지 슬픔의 표시라 할 눈물마저 비쳐 나왔답니다.

공주 그보다 긴한 건인데, 정말 그들이 이리로 오실까?

보이엣 오시고 말구요. 꼭 오십니다. 복장은 모스코바이트, 즉 러시아 사람처럼 차리고 올 겁니다. 그 분들의 목적은 여러분을 뵈옵고 기분을 맞춰 드리고 한바탕 춤을 추는 겁니다. 각자가 앞서 보낸 선물로 알

수 있듯이 자기 애인에게, 사랑의 결판을 내려는 것입니다.

공주 그래요? 그렇다면 한량나리들을 실컷 시험해 봐야겠어. 자, 우린 모두 가면을 써요. 아무리 애걸복걸하며 사정을 해도 절대로 얼굴을 보이지 않도록 해요. 자, 로잘라인, 넌 내게 보내 온 이 선물을 착용하거라. 그럼 전하께서는 널 자기 애인인 줄 알고 구애할 거야. 자, 네가 이걸 갖고, 네 것을 내게 다오. 그러면 비론이 날 로잘라인으로 알 거야. 너희들도 선물을 바꿔 갖거라. 이렇게 애인들이 바뀐 줄 모르고 제각기 엉뚱한 사람에게 구애할 거야.

로잘라인 자, 그럼 바꿔친 선물들을 가장 눈에 잘 띠는 곳에 차도록 해요.

캐더린 이렇게 하시는 건 뭣때문이시죠?

공주 그건 상대방의 책략을 덜미 치려는데 있어. 저쪽에서 재미삼아 장난하는 것이니까. 이쪽에서도 장난삼아 장난을 치자는 거야. 애인이 바뀐 줄 모르고 모두들 맘속의 것을 시원하게 속삭이겠지. 그럼 다음 번에 만나선 진짜 얼굴을 보이며, 그 일을 인사도 하면서 마음껏 조롱해 주자는 거지.

로잘라인 춤을 추자고 하면 어떡하죠?

공주 안돼, 무슨 일이 있어도 절대로 추어서는 안돼. 그리고 달콤한 애길 아무리 늘어놓더라도, 귀를 기울이지 말고 고개를 돌리며 못들은 체하여라.

보이엣 그렇게 쌀쌀한 대우를 받게 되면, 말하러 온 사람도 기가 죽고 주눅이 들어 암기한 문구조차 잊어버리게 되지 않겠습니까.

공주 그래서 하는 거야. 그렇게 한번 어벙해지면 그 다음에는 그 분들의 말도 막혀 계획한 일이 보기 좋게 깨질 게 아닌가. 틀림없이 그렇게 될 거구. 상대편의 장난을 뒤엎고 우리 쪽의 장난으로 삼는 건 신나는 일이거든. 우리는 가만히 있다가 그쪽 계획을 뭉개버리면 배 먹고 이 닦자는 격이지. 그러니까 그들이 창피를 당하면 가 버릴 게 아닌가. (안에서 트럼펫소리 들려온다)

보이엣 트럼펫소리가 들려옵니다. 가면을 쓰십시오. 저쪽에서도 가장을 하고 옵니다. (그녀들 가면을 쓴다)

검둥이로 분장한 일단이 음악을 연주하며 등장. 서사를 손에 든 모드, 비론, 러시아인으로 가장한 그 밖의 귀족들 등장.

모드 "안녕하시나이까? 이 세상의 절세미인들이시여!"

보이엣 미인이라지만 호박단의 가면에 지나지 않아.

모드 "이 세상에서 가장 청순하고 아름다우신 아가씨들께서는 (그녀들 돌아선다) 사람들에게— 등을— 돌린 일이 없으셨습니다!"

비론 (모드에게 방백) "눈이다" 이 바보야, 등이 아니고 "눈이라구!"

모드 "남의 눈에 그들의 눈을 돌린 일이 없었습니다! 그리고 절대로—"

보이엣 그래, 그리고 "다 막혀버렸군".

모드 "천사들이시어, 자비로우셔 저희들에게 소원을 보살피지 마시길—"

비론 (모드에게 방백) "마시길"이 아니고 "한번이라도 들어주소서"야 이 바보야.

모드 "한 번이라도 햇빛처럼 빛나는 눈길로— 햇빛 같은 눈길로—"

보이엣 그렇게 말해서야 돼나. "달빛 같은 눈"이라고 해야지.

모드 (비론에게) 제 말은 씨가 먹혀들지 않습니다. 이젠 못하겠는걸요.

비론 그게 잘 암기했다는 것이냐? 꺼져버려, 이놈아. (모드 퇴장)

로잘라인 보이엣 경, 저 외국 분들이 왜 오셨는지 물어보세요. 우리 나라 말을 하거든 여기로 온 까닭을 솔직히 말해 보라고 하세요.

보이엣 공주님께 무슨 용무가 있어 오셨는지요?

비론 다만 인사를 드리려고 왔습니다.

로잘라인 무슨 일로 오셨다고 하죠?

보이엣 인사를 드리러왔다고 하십니다.

로잘라인 그럼, 뵈었으니 그만 가시라고 해요.

보이엣 (비론에게) 그만 뵈었으면, 물러들 가라십니다.

왕 우리들이 이렇게 몇 마일을 찾아 온 것은, 이

잔디 위에서 같이 춤을 추려고 온거라고 여쭈어 주시오.

보이엣 (공주에게) 이렇게 몇 마일을 찾아 온 것은 이 잔디 위에서 같이 춤을 추려고 왔다구 합니다.

로잘라인 그럴 순 없어요. 그러나 몇 마일을 오셨다니 그럼 일 마일이 몇 인치가 되나 물어 보세요. 많은 마일의 긴 여행을 하셨다니 그 계산이야 금방 할 수 있겠지요.

보이엣 (왕 등 일행에게) 이곳에 오시느라고 많은 마일을 여행하셨다니 일 마일이 몇 인치나 되는지 공주님께서 물으십니다.

비론 우리는 피곤한 발걸음으로 재었다고 말씀드려 주시오.

보이엣 (비론 등에게) 공주님께서 직접 물으시겠다고 하십니다.

로잘라인 먼 거리를 피곤한 발걸음으로 오셨다 하시니 일 마일을 걷는 데는 몇 걸음을 옮기셨나요?

비론 우린 여러분을 위하여 소비하는 것은 무엇이든 헤아리지 않습니다. 우리들의 충성은 한없이 많고 헌신적이어서 언제나 따질 것 없이 바치는 것입니다. 부디 그 태양 같이 빛나는 얼굴을 보여 주십시오. 야만인들이 해를 우러러보듯 경배하겠습니다.

로잘라인 제 얼굴은 달에 불과해요. 거기다가 구름까지 끼어 있어요.

왕 당신 얼굴을 감싸고 있는 구름은 얼마나 행복합니까. 아, 빛나는 달님이여, 그리고 당신을 에워싼 별들이여, 구름을 거두고, 이 눈물어린 눈을 비춰 주소서.

로잘라인 아, 하찮은 것을 바라시는 분! 좀더 큰 것을 바라세요. 당신은 고작 물 거울에 비친 달빛을 소원하시네요.

왕 그러시다면 단 한 번이라도 춤을 추어주십시오. 소원을 말하라고 하시니까 말씀드립니다만, 소청이란 지나친 것은 아니라고 생각합니다.

로잘라인 그럼 음악을 연주해요. 자 바로 하셔야죠. 아직 준비가 안 되셨군요? 그럼 춤을 추지 않겠어요! 전 달님처럼 이렇듯 마음이 잘 변해요.

왕 춤을 추지 않으시겠단 말씀이신가요? 어떻게 그렇게 마음이 차가워지십니까?

로잘라인 아까는 만월이었지만, 지금은 이지러졌어요.

왕 그렇지만 당신은 아직도 달님이십니다, 전 달님을 따르는 남자이구요. 음악이 있습니다. 저 음악에 맞춰 부디 춤을 추실까요.

로잘라인 귀가 듣고 있습니다.

왕 다리로 응낙해 주셔야죠.

로잘라인 당신네들은 외국인데다가 우연히 이곳에 오신 거죠. 더 이상 까탈을 부리지 않겠어요. 이 손을 잡으세요. 춤을 추는 것은 아니구요.

왕 그럼 왜 손은 잡게 하셨나요?

로잘라인 친근하게 작별인사를 하는 겁니다. 자, 여러분도 인사를 하시고, 이것으로 춤은 다 끝난 겁니다.

왕 조금만 더 춤을 추어주십시오, 부끄러워하지 마시고.

로잘라인 우리는 이처럼 헐값으론 응하지 못 하겠어요.

왕 그럼, 값을 놔 보십시오. 얼마면 되겠습니까?

로잘라인 물러가주신다는 값이죠.

왕 그럴 순 없습니다.

로잘라인 그럼 팔 수 없어요. 안녕, 안녕히 가세요— 그 가면에 두 번인데, 그 반분은 당신 몫 인사구요!

왕 춤을 못 추시겠다면 얘기라도 합시다.

로잘라인 단 둘이서요.

왕 대환영입니다. (떨어진 곳으로 가서 얘기를 한다)

비론 (공주를 로잘라인이라고 생각하여) 백옥 같은 흰 손의 아가씨, 달콤한 말씀을 한 마디라도.

공주 꿀, 우유, 설탕, 이것이면 달콤한 세 마디예요.

비론 그렇게 비꽈서 말씀하신다면, 자, 주사위를 던져서 셋에 셋 감밀주, 감맥주, 감포도주. 어때요, 주사위 눈이 잘 나왔죠! 자, 이만하면 달콤한 것이 반타나 되네요.

공주 일곱 번째 달콤한 것, 안녕! 당신은 속임수를 쓰기 때문에 주사위 놀이는 같이 하지 않을 거예요.

비론 한 마디 조용히 드릴 말씀이 있어요.

공주 달콤한 건 싫어요.

비론 실은 당신 때문에 간이 타고 있어요.

공주 간이요! 아이 써라.

비론 그러니까 만나자는 거예요. (둘이 떨어진 곳에서 얘기한다)

듀메인 (머라이어를 캐더린이라고 생각하여) 한 말씀 나누어도 될지 모르겠습니다.

머라이어 말씀하시지요.

듀메인 아름다운 아가씨—

머라이어 그렇게 말씀하시네요? 그럼 훌륭하신 전하— 이러면 하신 말씀은 돌려 받으신 거죠.

듀메인 그러지 마시고요, 단 둘이서 얘기하고 싶습니다. 그 다음에 작별 인사를 드리겠습니다. (떨어진 곳에서 얘기한다)

캐더린 (롱거빌에게) 어머나, 당신 가면엔 혀가 없잖아요?

롱거빌 그렇게 말씀하시는 아가씨의 의중을 알고 있습니다.

캐더린 그러면 그 의중을 말씀해 보세요! 어서요, 빨리 듣고 싶습니다.

롱거빌 아가씬 그 가면 밑에 혀를 두 개나 가지고 계시니까, 이 말 못하는 내 가면에게 하나를 나눠주며 말 좀 하자는 거죠.

캐더린 네덜란드 사람은 「글쎄요(veal)」라고 한답니다. 그런데 「빌」은 영어로 「송아지」란 말이죠?

롱거빌 그렇습니다, 아름다운 아가씨, 송아지죠!

캐더린 아뇨, 멋진 전하, 송아지죠.

롱거빌 그 말을 두 조각으로 나눕시다.

캐더린 아니에요, 전 당신의 반쪽이 되기 싫어요. 송아지도 서방님도 다 가져가세요. 그리고 젖을 떼세요, 그럼 송아지가 당당한 황소가 되잖아요.

롱거빌 어이구, 어쩌면 뿔로 받아 젖히듯 그렇게 입이 거세니! 정숙한 아가씨에게 뿔이 있다니! 그래선 못 씁니다.

캐더린 그럼 송아지로서 죽어요, 당신의 뿔이 돋치기 전에 말예요.

롱거빌 죽기살기로 꼭 한 말씀 은밀하게 드려야겠습니다.

캐더린 그럼요, 나지막하게 「음매」하고 우세요, 백정이 듣지 못하게요. (두 사람 떨어진 곳에 가서 속삭인다)

보이엣 (독백) 익살꾼 여성들의 독설은 그야말로 면도날처럼 날카롭군. 눈에 보일까 말까 하는 솜털까지도 베어버리고 눈보다도 더 예민한 감각이란 말이야. 게다가 말속엔 재치가 숨어 있고, 그들의 발상은 날개가 돋쳐 있다, 화살보다, 총알보다, 바람보다, 생각보다, 날쌔단 말야.

로잘라인 이봐요 시녀들, 이젠 그만 얘기하고 모두들 헤어져요.

비론 젠장, 조롱만 진탕 당하고 말았군!

왕 (공주 등에게) 잘들 있어요, 미치광이 아가씨들.

그래 봤자 당신들 지혜는 별 것 아니오. (왕, 귀족들, 흑인들 퇴장)

공주 잘들 가세요, 지혜가 꽁꽁 얼어붙은 러시아 양반들, 맙소사, 저 사람들이 재주 있다고 소문난 자들이에요?

보이옛 촛불에 지나지 않습니다, 여러분들의 입김으로 꺼져버린 걸요.

로잘라인 살이 토실토실 찐 기지랄까요, 우둔하고 우둔하게 통통 찐 것이죠.

공주 그야말로 보잘것없이 빈약한 지혜라구! 왕 같은 빈약한 얼간이! 아마 오늘밤엔 모두들 목이나 매지 않을지 모르겠네? 또는 이젠 가면을 쓰지 않고 얼굴을 보이지 않을 걸. 그 건방진 비론도 코가 납짝해졌는 걸.

로잘라인 모두들 꼴이 말이 아니었어요! 전하께선 좋은 말이 생각이 나지 않아 울상이었더랬어요.

공주 비론은 체통을 잃고 입을 험하게 놀리더군.

머라이어 듀메인님은 제 손아귀 속에 있었어요. 뭐이든 "안돼요" 했더니 꼭 죽어 버리고 찐 붕어가 됐지 뭡니까.

캐더린 롱거빌님은 저 때문에 넋을 잃고 말았다고 하쟎겠어요. 저를 뭐라고 불렀는지 아시겠어요?

공주 「메스껍다(qualm)」라고 했겠지.

캐더린 네, 정말 그랬습니다.

공주 싱거운 소리 그만하지!

로잘라인 'ㄱ'자 뒷다리도 모르는 사람이라도 그 보다는 지혜가 있을 텐데. 그나저나 전하께선 저에게 사랑의 맹세를 하셨어요.

공주 제법 활발한 비론도 나에게 그랬어.

캐더린 롱거빌님은 저를 받들기 위해서 이 세상에 태어났대요.

머라이어 듀메인님은 나무껍질처럼 제 곁을 떨어지지 않겠다고 했어요.

보이엣 공주님, 그리고 아름다운 여성들, 제 말씀 좀 들어보세요. 그분들이 곧 가면을 벗고 다시 쳐들어올 겁니다, 그렇게 창피를 당하고 그들이 그냥 죽치고 있지는 않으실 겁니다.

공주 정말 또 오실까요?

보이엣 오시고 말고요, 틀림없이 오실 겁니다. 얻어맞아 다리를 절 망정 기뻐 날뛸 겁니다. 그러니 선물을 바꿔차시지오. 그리고 그분들이 되돌아오시면, 여름 바람에 나부끼는 향기로운 장미꽃처럼 활짝 피십시오.

공주 피다뇨, 어떻게요? 어떻게 피는 거지? 알아듣게끔 말해봐.

보이엣 미인이 탈을 쓰면 아직 봉오리의 장미꽃인 셈이거든요. 그러니 탈을 벗으시고, 그 분홍빛 얼굴을 보이십시오. 구름을 헤치고 나타난 천사들이어, 갓 피어난 장미꽃들처럼 아름다우실 것입니다.

공주 어이구, 답답하고 당혹스럽군! 그분들이 본 얼굴로 되돌아 와서 사랑을 고백하면 어쩌면 좋지?

로잘라인 공주님, 제 생각 같아선 변장하고 왔을 때처럼 다시 한번 실컷 조롱해 주면 좋겠어요. 아까 이곳에 러시아 사람같이 변장한 머저리들이, 너절한 옷을 입고 왔더라고 불평을 늘어놓고선, 도대체 그들이 뭘 하는 자들이며, 뭐 때문에 그런 형편무인지경인 꼴로 설익은 시를 지어 가지고 이 천막까지 와서 그런 엉뚱한 행패를 부렸는지 그들에게 시치미를 떼고 물어보는 겁니다.

보이엣 여러분, 어서들 들어가십시오, 그 멋쟁이 분들이 저기 오십니다.

공주 숫노루가 초원을 달리듯 빨리 천막 속으로.
(공주, 로잘라인, 캐더린, 머라이어 퇴장)

왕, 비론, 롱거빌, 듀메인 본래의 복장을 하고 다시 등장.

왕 보이엣 경, 잘 있었는지! 공주님은 어디 계시는가?

보이엣 공주님은 천막 안에 계십니다. 무슨 용무신지 말씀해 주시면 제가 즉시 전하겠습니다.

왕 드릴 말씀이 있어 만나 뵙고 싶다고 전해주오.

보이엣 분부대로 거행하겠습니다, 곧 뵙게 되실 겁니다. (퇴장)

비론 저 사나이는 비둘기가 콩을 쪼아먹듯, 재치있는 말을 주워 모았다가 기회가 오면 내뱉는답니다. 그야말로 재치의 도붓장사이지요. 사람들이 모이는 마을의 축제나 연회장에서, 집회에서나 장 마당에서나 장날에서 재치를 파는 소매상이란 말씀예요. 도매상격인 우리로선 도저히 저 자의 그런 재주를 따를 수가 없단 말입니다. 저 자는 아가씨들을 소맷자락에 꿰차고 다니는 위인입니다. 저 자가 아담이었더라면, 필경 이브를 구슬렸겠지요. 손을 조아리며 입정 번지르하게 놀리고 알랑수도 능청맞게 떨지요. 인사한다고 어떻게나 손에다 키스를 해댔던지 손이 닳아버렸다는 작자니까요. 격식엔 빈틈없고, 예절엔 선비요. 투전판에서도 주사위에다 쌍스런 욕을 하는데 그것도 점잖은 말로 한답니다. 노래를 부르면 천한 테너 소리요, 제법 안내인으로서는 그를 따를 사람이 없고, 여인네들은 멋진 남자라고 칭찬하며 계단을 오르내리면 계단이 그 발에 키스를 한답니다. 누구에게나 고래뼈 같은 흰 이빨을 들어 내보이며 누구에게나 상냥하게 웃어주는 꽃이랍니다. 정직한 사람은 누구나 과묵하면 도리가 아닌 듯 싶어 "꿀처럼 달콤한 보이엣" 이라며 탄복을 한답니다.

왕 고놈의 달콤한 혓바닥을 짤라버려야겠다. 아마도의 시동을 꼼짝 못하게 족쳤겠지!

보이엣의 안내를 받으며 공주, 로잘라인, 머라이어, 캐더린 다시 등장.

비론 저기 옵니다, 저 몰골 좀 보십시오! 예의범절이여, 너도 저 미친놈에게 당하기 전에는 이렇지가 않았을 터인데! 지금의 꼴은 뭐란 말인가?

왕 경하드립니다, 공주님. 날씨가 화창합니다!

공주 "우박이 한창인데" 어찌 날씨가 "화창하다" 는 건지 모르겠네요.

왕 내 말을 좋게 이해하시기 바랍니다.

공주 그럼, 솔직한 말씀을 해주세요, 자리를 떠날 것이니까요.

왕 실은 이렇게 찾아온 것은 공주님 일행을 궁중으로 모시고자 합니다. 승낙하여 주시기 바랍니다.

공주 전 이곳을 떠나고 싶지 않습니다. 그리고 전하께서도 맹세를 깨뜨리지 마십시오. 맹세를 깨뜨린 사람은, 하느님은 물론, 저도 좋아하지 않습니다.

왕 너무 나무라지 마십시오, 그 원인은 공주님께 있습니다. 공주님의 천사 같은 눈이 맹세를 깨뜨리게 했답니다.

공주 천사라구요. 오히려 "악마" 라고 해야 마땅할 거예요. 천사는 결코 맹세를 깨뜨리게 하진 않습니다. 백합꽃같이 깨끗하고 순결한 저의 처녀성에 걸고 말씀드립니다, 온 세상이 어떤 고문을 할지라도, 궁중에 빈객으로 들어갈 순 없습니다. 전 그렇게 정성을 다하여 신성하게 맺은 서약을 깨뜨리는 원인이 되고 싶지 않단 말입니다.

왕 그러나 이렇게 황량한 곳에, 당신네들이 외로이 묵게 하고 방문도 안하고 환대를 소홀히 하는 건 우리의 수치가 됩니다.

공주 아네요, 전하, 그렇지 않습니다. 소일거리도 많았고, 재미있는 놀이도 있었어요. 조금 전에는 러시아 사람 네 분이 왔다 가기도 했어요.

왕 아니 무슨 일이라구요? 공주님! 러시아 사람들이라구요!

공주 네, 정말이에요, 전하. 범절이 바르시고 기품이 있는 멋진 분들이었어요.

로잘라인 공주님, 바른대로 말씀드리시지요. (왕에게) 전하, 실은 그렇지 않습니다. 공주님께서는 평소 하시던 예절에 따라 본의 아니게 칭찬을 하신 겁니다. 저희들은 아까 러시아 복장을 한 네 사람을 만나기는 했습니다. 그분들은 이곳에 한 시간 동안이나 머물면서 얘길 했습니다만, 한 마디도 건질만한 것이 없었습니다. 설마 바보는 아닐 텐데 말입니다. 바보라고 하더라도 목이 마르면 물이라도 마셔야 하지 않습니까.

비론 (방백) 시시껄렁한 재담이다. (로잘라인에게) 어여쁜 아가씨, 당신의 재치는 영특한 사람까지도 숙맥으로 만드는군요. 창공에 빛나는 눈, 저 햇빛을 쳐다보면, 아무리 잘 보이는 사람의 눈도 그 빛으로 빛을 잃듯이 당신의 경우가 꼭 그래요. 재치가 너무 풍부하다 보니, 현명한 사람도 바보로 보이고, 훌륭한 것도 하찮은 것으로 보이나 봅니다.

로잘라인 그렇게 말씀하시는 걸 보니 당신은 현명하고 풍요롭단 말씀이군요. 그래요, 제 눈에는—

비론 바보이고 보잘것없이 보이겠죠.

로잘라인 자기 것을 자기가 말하니 도리가 없지만 그래도 남의 말을 가로채는 건 실례가 되는 거죠.

비론 오, 이 몸은 당신의 것입니다, 이 몸이 가지고 있는 전부가요.

로잘라인 그럼 바보 전체가 제 것이란 말인가요?

비론 있는대로 몽땅 드리는 겁니다.

로잘라인 말씀하시지요, 당신이 쓰신 탈은 어느 것이었죠?

비론 어디서요? 언제? 무슨 탈요? 왜 그런 걸 물으십니까?

로잘라인 저기서, 그 때 쓴 탈 말예요. 지지리 못생긴 얼굴을 가리고 잘 보이려고 하던 별 볼일 없는 탈바가지 말예요.

왕 (비론에게) 탄로가 났다, 이젠 마구 조롱까지 받게 됐구나.

듀메인 실토를 하고 농으로 한 것으로 돌리지요.

공주 (왕에게) 왜 그러십니까, 전하? 안색이 좋지 않으십니다.

로잘라인 모두들 이리로 오세요, 이마에 찬 수건을 놔야겠어요! 졸도하실 것 같아요! 전하께선 왜 그렇게 새파랗게 질리셨죠? 러시아에서 오시느라 뱃멀미를 하셨군요.

비론 (방백) 맹세를 깨뜨린 죄값으로 이런 천벌을 당하는군. 제 아무리 철면피라 해도 이 이상 무안을 받을 수가 있겠는가? 자, 아가씨, 이렇게 서 있겠으니—조롱의 창을 마음껏 던지시오. 비웃음으로 사정없이 내리치고 짓이기시오. 당신의 날카로운 재치로 나의 무지를 푹 찌르시오. 당신의 신랄한 기지로 이 몸을 산산이 저미시오. 이젠 두 번 다시 춤을 추자고 간청하지 않을 것이오. 러시아 옷을 입고 오지도 않겠어요. 오, 이젠 죽어도 설익은 대사나, 초등학교 학동 같은 언변을 구사하지도 않으렵니다. 탈을 쓰고 온다거나 장님 장타령 같은 시구 따위로 구애하지도 않으렵니다. 호박단 같은 미사여구, 명주실같이 매끄러운 낱말, 한없는 과장, 터무니없는 겉치레, 아는 척하는 호언장담— 이러한 삼복더위의 쇠파리가 내 마음에 알을 까서 허위허식의 구더기 떼가 끓게 하였습니다. 이젠 이것들을 모조리 쓸어버리겠습니다. 이 흰 장갑에 걸고 맹세하나니— 여기에 끼인 손이 얼마나 순백한가는 신께서 알고 계십니다!— 이후론 사랑을 고백할 땐 소박하며 솔직하고 구김살 없는 말로 털어놓을 것이에요. 이제 시작하건대 아가씨— 신이여, 원컨대 지켜주소서!— 당신에 대한 나의 사랑은 흠없고 티없는 지순한 것이오.

로잘라인 제발 "없고" "없고" 하지 마세요.

비론 뿌리깊게 박힌 버릇이오. 병폐가 남아 있죠. 용서하시오. 병이니까. 차차 고쳐 갈 것이오. 잠깐만 그럼— "돌림병 피하기의 부적"을 써서 저 세 분에 붙여주시오. 저분들은 돌림병에 걸려 있답니다. 심장 속에 병마가 깃들여 있는 거죠. 그들의 돌림병은 당신네들 눈에서 전염된 것입니다. 그런데 당신들도 돌림병에 걸린 모양이에요. 몸에 열병의 표시인 선물들을 꽉 지니고 계시니 말입니다.

공주 그래요. 선물을 우리에게 주셨으니, 당신네들은 병이 나은 거예요.

비론 우리들은 이미 파산지경이니 제발 더 망하게 하지 마십시오.

로잘라인 천만에요, 그럴 수가 없죠. 파산상태에 있다면서 무슨 구혼을 하고 있는 거죠? 구혼 말이에요.

비론 그만해요, 당신하곤 얘기하지 않겠소.

로잘라인 제 생각대로 한다면 하고 싶으셔도 안 될 거죠.

비론 혼자서 씨부렁대라구. 난 당해 낼 재주가 없으니까.

왕 (공주에게) 공주님, 우리들의 불손함을 어떻게 사과해야 좋을지 모르겠습니다.

공주 솔직하게 실토하시는거죠. 바로 전에 전하께서 변장하시고 여기에 오셨죠?

왕 네, 그렇습니다.

공주 제 정신으로 그렇게 하셨나요?

왕 그랬습니다, 공주님.

공주 그러시다면 그 때, 상대방 여인의 귀에 뭐라고 속삭이셨죠?

왕 온 세상보다 더 소중한 님이라구 했습니다.

공주 그 여자가 그러기를 요구한다면 전하께서는

거절하시겠습니까?

왕 당치도 않은 말씀, 그렇지 않습니다.

공주 말씀 마세요, 그만 두시죠, 이미 맹세를 깨뜨리신 분인데 두 번 깨뜨리기야 누은 소 타기죠.

왕 이번 맹세를 깨뜨리거든, 마음대로 능멸하셔도 좋습니다.

공주 그렇죠, 그러면 꼭 지켜주세요. 로잘라인, 그러시아인이 네 귀에 뭐라고 속삭였지?

로잘라인 공주님, 저를 자기의 눈보다도 더 아끼고, 전세계보다도 소중히 여기겠다고 맹세하셨어요. 그리고 저와 결혼하시겠다고 하셨고, 만약 뜻을 이루지 못하면 사랑하는 자로 그대로 죽어버리신다고요.

공주 신께서 그 행복을 네게 베풀어주시기를! 전하께선 그 약속을 명예를 걸고 지키실거야.

왕 (경악하여) 무슨 말씀이시오, 공주님? 난 이분과 그런 맹세를 한 적이 절대로 없어요.

로잘라인 어머나, 전하께서 분명히 하셨습니다. 그리고 맹세의 신표로 이 반지까지 주셨습니다. 자, 도로 가져가세요.

왕 난 맹세의 신표로 공주님께 반지를 드렸습니다. 옷소매에 단 보석을 보고 공주님인줄 알았지요.

공주 죄송합니다만, 이 보석은 저 처녀가 달고 있었어요. 그리고 (하고 비론을 보고) 비론 경이 고맙게도 제 애인이었어요. (비론에게) 당신께선 이 몸을 아내로 삼아 주시겠어요? 아니면 이 진주알을 돌려 드릴까요?

비론 양쪽 다 필요 없습니다, 둘 다 포기하겠어요. 전 이제야 어떻게 이런 일이 있었는지 속임수를 알았습니다. 우리들의 놀이계획이 염탐되고, 여러분은 사전에 배포를 맞추시고 크리스마스의 광대극처럼 박살을 낸 거죠. 뭡니까. 어떤 고자질꾼이, 어떤 아첨꾼이, 어떤 삼류 광대가, 어떤 떠벌이가, 식탁에서 시중드는 어떤 하인이, 알랑수로 웃으며 얼굴이 주름투성이고, 귀부인네들을 웃길 재주를 지닌 어떤 꼬마 녀석이, 우리들의 계획을 미리 폭로시켰음이 분명합니다. 그래서 여성들은 우리가 보낸 선물을 바꿔 차고, 그 사실을 몰랐던 우리는 그것만을 목표로 사랑을 고백했던 것입니다. 그래서 우리는 설상가상으로 다시 맹세를 깨뜨려서 죄를 더하게 됐죠. 첫 번째는 알고, 두 번째는 모르고서요. 이것이 그렇게 된 경위요. (보이엣에게) 당신이 우리들의 놀이를 염탐해서 우리들을 이렇게 실없는 사람으로 만든 장본인이지? 당신은 공주님의 일이라면 발의 치수까지도 정확히 알고 눈동자의 움직임을 보고 웃는 요령도 알고 있지 않는가? 그리고 공주의 등뒤와 난로 사이에서 나무접시를 들고 서서, 조잘대며 우스갯소릴 늘어놓고 있구? 우리 꼬마 시동이 일을 저지른 것도 이 시건방진 광대 당신 때문이었다. 당신이야말로 죽을 때 입을 수의는 여자의 속옷이라는 거지. 날 흘겨보는군. 그 눈초리는 납으로 만든 엉터리 장도만큼 겁날게 없다.

보이엣 당당하신 말씀이나 태도는 참으로 즐거운

볼거리였습니다.

비론 허 참, 이번에는 정면으로 공격하시는군! 두 손들었습니다.

코스터드 등장.

마침 잘 왔네. 지혜덩이가 왔으니! 이제야 승부 없이 갈라지겠군.

코스터드 나리, 저 세 분 영웅이 지금 들어와도 좋은지 알아보고 오라는 뎁쇼.

비론 뭐, 세 사람밖에 없단 말인가?

코스터드 아닙네다, 그래도 썩 잘할 겁니다, 각기 한 사람이 세 사람 몫을 하니까요.

비론 그렇다면 삼삼은 구란 말이지.

코스터드 아닙네다, 죄송합니다만 소인은 그렇지 않구요. 부탁한다고 되는 것이 아니고, 소인은 셈수에는 까막눈이 아닌뎁쇼. 그래서 삼삼은—

비론 구가 아니냐.

코스터드 그게요, 얼마나 되는가 쯤은 소인도 알고 있습니다요.

비론 셋의 세 곱절은 아홉이지 뭐냐.

코스터드 어이구 맙소사, 불쌍하게도 나리는 손수 계산을 해야만 살 수 있단 말이니까요.

비론 그래, 몇이란 말이냐?

코스터드 그야, 극단, 배우들이 나와 봐야 몇이 되는지 아시게 되죠. 그런데 말씀예요, 그 사람들 말로는 소인은 하찮은 가난뱅이입니다만 폼페이대왕 역을 맡아서 나타난단 말입니다.

비론 너도 영웅의 한 사람이란 말이냐?

코스터드 모두들 소인보고 폼페이대왕 역엔 안성맞춤이라고들 하잖겠어요. 소인이야 얼마나 훌륭한 영웅인지 알기나 합니까만, 어쨌든 잘 해볼랍니다요.

비론 그럼, 가서 준비하라고 일러.

코스터드 잘 하도록 하겠습니다, 주의도 하구요. (퇴장)

왕 비론 경, 저 자들이 오면 우릴 망신시킬 것 같다. 못 오도록 하라.

비론 전하, 창피로 말하기로 하면 이미 만신창이가 됐습니다. 국왕의 극단보다 더 서툰 연극을 보여주는 것도 한 가지 방법이나이다.

왕 어쨌든 안 돼, 오지 못하게 하라.

공주 아닙니다, 전하, 이 일은 제게 맡겨 주십시오. 할 줄도 모르면서 해 보이는 연극도 즐거운 흥미거리입니다. 그런 연극에서는 잘 하려고 열심히 애를 쓰면 쓸수록 도리어 내용까지 그 열성에 녹아버려 엉망이 되어버리거든요. 위대한 생각도 말이 되지 않고 그대로 사라진답니다. 그런데 그러한 엉터리가 오히려 더 우습고 재미날 수 있는 법이랍니다.

비론 이 말씀은 우리들 장난에 대한 적절한 평입니다, 전하.

아마도 등장.

아마도 거룩하신 전하, 전하의 향기로운 입김을 아끼지 마시고, 신을 위하여 몇 말씀 하여주시기를 바라옵나이다. (왕과 단둘이만 이야기하며, 서한을 한 장 건넨다)

공주 (비론에게) 저래도 신을 섬기는 사람인가요?

비론 왜 물으시죠?

공주 그 말 본새가 보통 사람 같지가 않군요.

아마도 영명하시고, 인자하옵시고 벌꿀 같으신 통치자시여, 그러한 염려는 안 하셔도 좋은 듯 사료되옵니다. 그 훈장 나리는 그야말로 괴팍하고 너무나 허영심이 강한 위인입니다만 승패는 오로지 시운의 차라고 하오니, 한번 시험해 보게 해 주사이다. 황공하오나 과히 심려 마옵소서. 지존이신 두 분 전하! (퇴장)

왕 훌륭한 영웅들이 나타날 것 같다. 지금 그자가 트로이의 헥터가 되고, 아까 그 촌뜨기가 폼페이대왕이 되고, 마을의 신부가 알렉산더대왕, 아마도의 시동이 허큘리스, 학교선생이 주더스 마카비어스로 분장하니 말이다. 그리고 네 영웅이 처음 등장하여 성공적으로 연기하게 되면, 곧 옷을 바꿔 입고, 나머지 다섯 영웅을 다해 보인다지 않는가.

비론 처음에 다섯 명이 나옵니다.

왕 천만에, 그렇지 않다.

비론 그렇습니다, 학교 선생에 허풍선이, 촌 신부에 바보 꼬마녀석입니다. 주사위의 아홉 끝을 제치면 이런 다섯 끝이면 온 세상을 낱낱이 뒤져봐도 찾기 어려운 훌륭한 다섯 명입니다. 아주 잘 받는 역이죠.

왕 배에 돛을 달았으니 곧 바로 나타나겠지.

폼페이로 분장한 코스터드 등장.

코스터드 "나는 폼페이외다—"

보이엣 거짓말 마, 넌 폼페이가 아니야.

코스터드 나는 "내가 폼페이외다—"

보이엣 무릎에 표범머리를 그렸군.

비론 그래, 그래, 멋지군. 노형, 이젠 의좋게 지내야겠다.

코스터드 "소생이야말로 폼페이외다, 앞에 「큰」자가 붙는—"

듀메인 "큰 댓자"는 "대"라고 한다.

코스터드 그렇습니다, "대"입니다. "댓"자가 붙는 폼페이올시다. 싸움터에 방패를 들고 출진하면 적의 간담을 서늘하게 했소. 이번에 이 바닷가를 여행하다가 우연히 여기에 와서 어여쁜 프랑스 공주님 앞에 이렇게 무기를 놓고 경배하는 바입니다. 공주님께서 "수고했소, 폼페이!" 하고 말씀해 주시면 소생의 역은 끝납니다.

공주 대 폼페이, 정말 수고했습니다.

코스터드 과찬이십니다, 하지만 힘껏 해본 건 사실입니다. "큰 댓자"가 좀 빗나갔지만요.

비론 내 모자에 반푼 걸어도 좋다. 폼페이야말로 영웅 중의 영웅이다.

알렉산더로 분장한 나다니엘 신부 등장.

나다니엘 "본인이 살아 생전에 온 세계를 정복했어요. 동서남북, 내 정복의 발길이 닿지 않은 곳이 없었다. 이 방패의 문장을 보면 아실 터, 난 알렉산더요—"

보이엣 당신 코가 그렇지 않다고 하는구먼. 콧대가 바로 서 있지 않아서지.

비론 당신 코가 "아니" 라고 구린 냄새를 풍기고 있지 뭐요, 향기로운 냄새를 풍겨야 할 기사나리.

공주 정복자가 당황하고 있는 모양이요. 알렉산더, 어서 계속해요.

나다니엘 "본인이 살아생전에 온 세계를 정복했소이다—"

보이엣 그렇고 말고, 옳은 말이오, 알렉산더.

비론 (코스터드에게) 여보게, 대 폼페이!

코스터드 네, 여기 있습니다, 코스터드가요.

비론 저 정복자를 내쫓게, 알렉산더를 내쫓으란 말이다.

코스터드 (나다니엘 신부에게) 어이구, 신부님 때문에 알렉산더 정복 왕이 망치고 말았어요! 이젠 벽걸이 그림에서 당신의 화상이 떼어지게 되겠군요. 도끼를 들고 변기 위에 걸터앉아 있는 당신의 사자 문장(紋章)은, 이제는 에이잭스에게 물려줘야 되겠습니다. 그 분이 이젠 아홉 번째 영웅이 될 것입니다. 정복 왕이, 왜 말이 없죠! 더 창피 당하지 말고 어서 줄행랑치세요, 알렉산더. (나다니엘 퇴장) 자, 쫓아버렸습니다. 순하디 순한 맹물단지지만 원래 우직해서 대뜸 주눅이 들지 뭡니까. 정말 좋은 이웃 양반입죠, 공굴리기도 명수랍니다. 하지만 알렉산더 역은— 보시다시피 좀 과했던 것 같아요— 그러나 지금부터 등장하는 영웅들은 제각기 대사를 읊을 겁니다.

공주 폼페이 장군은 물러가 있어요.

홀로퍼니스가 유다로 분장하고, 모드가 허큘리스로 분장하여 등장.

홀로퍼니스 "머리가 셋 달린 「맹견(canis)」을 곤봉으로 때려죽이는 대 허큘리스 역은 이 꼬마가 하게 됩니다. 그가 일찍이 갓난아기고, 어린아이요, 꼬마였을 때, 독사를 「맨손(manus)」으로 목 졸라 죽였답니다. 「어렸을 때를 볼 것 같으면(Quoniam)」 「그러니까(Ergo)」 내가 이렇게 변명해 드립니다." (모드에게) 퇴장할 땐 가슴을 펴고 위엄있게 하는 거다. (모드 퇴장)

"이 사람은 유다—"

듀메인 뭐, 유다라구!

홀로퍼니스 듀메인경, 이스카리옷은 아닙니다. 이 사람은 마카비어스라고 불리는 유다이죠.

듀메인 마카비어스를 떼어버리면 그 유다가 되잖아.

비론 입맞추고 배신한 반역자이지. 그런데 어떻게 당신이 유다란 말이요?

홀로퍼니스 "이 사람이 바로 유다—"

듀메인 아니, 창피하지도 않소, 유다!

홀로퍼니스 어째서요?

보이엣 유다는 목을 매달아 죽으니까 말이오.

홀로퍼니스 그럼, 형님 먼저 하십쇼.

비론 그 말 잘 했군, 유다는 양딱총나무에 목매달아 죽었으니까.

홀로퍼니스 이렇게 무안을 당했고 못 견딜 사람은 아니오.

비론 하기야, 처음부터 얼굴이 없잖소!

홀로퍼니스 그럼 이건 뭐요?

보이엣 기타 통에 새긴 대가리지.

듀메인 부인용 머리핀에 새긴 대가리요.

비론 반지에 새긴 해골바가지.

롱거빌 겨우 보이는 옛 로마 동전에 새긴 얼굴.

보이엣 시이저의 칼자루 끝.

듀메인 화약담개에 새긴 두개골.

비론 모자 장식을 위해 조작된 성 조오지의 옆얼굴.

듀메인 그렇지. 싸구려 납 브로치에 붙은.

비론 옳지. 치과의사가 쓰는 싸구려 모자에 붙은 거지. 자, 그럼 계속해요. 이만하면 얼굴을 세워 주지 않았소.

홀로퍼니스 당치도 않은 말씀 마세요. 여러분들이 제 얼굴에 먹칠을 한 거요.

비론 거짓말 마오. 우린 당신에게 얼굴을 세워 준 거요. 그것도 자그마치 여러 개를.

홀로퍼니스 그러니까 얼굴을 죄다 뭉개버렸단 말인가.

비론 당신이 사자일지라도 그렇게 했을 거요—

보이엣 이제 보니 멍청한 당나귀이군 그래. 어서 가시오. 유다에게! 아니 왜 그렇게 가지 않고 있는 거요?

듀메인 아마 이름자 위에 뭐를 붙여 달라는 눈치 같아.

비론 옳아, 유다에다 당나귀를 붙여 달라는 거지. 그렇게 해요— 당나귀 유다, 어서 꺼져버려!

홀로퍼니스 이건 너무 합니다 비신사적, 비도덕적이며, 그리고 비천합니다.

보이엣 유다 선생님에게 등불을! 어두워졌소, 넘어지면 안 될 일이요. (홀로퍼니스 다시 퇴장)

공주 아, 가엾어라, 마카비어스가 뼈가 오그라지게 당했군!

헥터로 분장한 아마도 등장.

비론 아킬레스, 머리를 숨겨, 헥터가 무장을 하고 온다.

듀메인 너무 조롱하다간 앙갚음을 당할지 모르겠으나 그래도, 심명풀이는 하고 봐야지.

왕 (아마도를 응시하며) 이렇게 보니 용맹한 헥터도 결국 보통 트로이인에 지나지 않군.

보이엣 그런데 저게 헥터예요?

듀메인 헥터는 저렇게 미끈하게 생기지는 않았을 텐데.

롱거빌 다리가 너무 굵은데.

듀메인 장딴지가 더 하군.

보이엣 아뇨, 그 밑이 잘 생긴 거예요.

비론 좌우지간 헥터일 수는 없소.

듀메인 저건 신이 아니면 환쟁이가 분명합니다, 얼굴을 저렇게 마구 만들고 있으니 말이외다.

아마도 "용감무쌍하시고 검술에 전능하신 군신 마르스께서 트로이의 왕자 헥터에게 내려주신—"

듀메인 아마 금색의 유두구를 주셨겠지.

비론 아니, 레먼일 거야.

롱거빌 정향(丁香)을 채운 것이지.

듀메인 아니, 쪼개져 있겠지.

아마도 조용히!

"용감 무쌍하고 검술에 전능하신 군신 마르스께서
트로이의 왕자 헥터에게 내려주신 천품(天稟)은
밤낮을 가리지 않고 천막 밖으로 나아가

씩씩하게 싸우는 용맹스런 전사가 되리.
나야말로 용맹의 꽃이로다—"

듀메인 시들은 박하꽃일 테지.

롱거빌 아니, 매발톱꽃

아마도 롱거빌 경, 그 혓바닥의 고삐를 당기시지요.

롱거빌 그러잖아도 고삐를 풀어줘야 할 처지요. 헥터를 향해 질주해야 할 것 아네요.

듀메인 참, 헥터는 사냥개의 이름이군요.

아마도 그 늠름한 용사는 이미 시체가 되어 부패하고 있습니다. 여러분, 고인에게 매질을 하지 마십시오. 그 분도 살아 계실 땐 빼어난 인물이었습니다. 하여간 전 맡은 역을 계속하겠습니다. (공주에게) 아름다운 공주님, 귀를 기우려 주시기 바랍니다. (비론 앞으로 걸어 나오며 코스터드에게 말한다)

공주 계속하세요, 용감한 헥터, 무척 재미있어요.

아마도 공주님 신발 앞에 엎드려 입을 맞추겠습니다.

보이엣 (듀메인에게) 저 자는 공주님 발에 반했나 보디.

듀메인 (보이엣에게 방백) 헛물만 켜는 거지.

아마도 "이 헥터는 한니발보다 훨씬 훌륭한 영웅이었으며— 그의 파란만장한 인생은 가고—"

코스터드 (아마도에게) 뱄다구. 헥터 양반, 그 여자는 애를 뱄다구, 두 달이나 됐어요.

아마도 무슨 뚱딴지같은 소리냐?

코스터드 어이구, 당신이 정직한 트로이 사람이 돼야지 안 그러면 그 계집아이는 신세 망쳐버린다고. 정말 망친다구. 애를 뱄어. 애새끼가 벌써 뱃속에서 놀고 있다지 뭔가— 당신 애라구.

아마도 어르신네들 앞에서 날 모욕할 셈인가? 이놈, 죽여버릴 테다.

코스터드 그럼 헥터는 재크네타의 배를 부르게 했으니 곤장을 맞아야 하고, 폼페이를 죽인 죄로 교수형을 받게 될 걸.

듀메인 폼페이, 잘 한다!

보이엣 역시 폼페이가 멋져!

비론 그냥 대 폼페이가 아니지! 대 대 대 폼페이군. 거대한 폼페이!

듀메인 헥터가 떨고 있군.

비론 폼페이가 화를 냈어. 장난꾸러기 여신이여, 장난꾸러기 여신들이여! 화를 머리끝까지 돋구라! 화를 돋구라구!

듀메인 헥터가 폼페이에게 결투 신청을 할 테지.

비론 그야 물론이겠지, 벼룩에게 빨릴만한 사나이 뱃속에 피가 한 방울이라도 있다면야.

아마도 자, 결투하자, 북극성에 두고 맹세한다.

코스터드 난 북쪽 사람들처럼 몽둥이로 싸우지 않는다. 단 칼에 베어버리겠다. 칼로 싸우자. 공주님, 아까 그 검을 다시 빌려주십시오.

듀메인 자, 비켜섭시다. 성난 영웅들의 결투요!

코스터드 제기랄, 셔츠바람으로 싸워야지.

듀메인 역시 결연한 폼페이로군!

모드 (아마도에게) 나리, 제가 옷을 벗겨드릴깝쇼. 폼페이가 결투하겠다고 웃옷을 벗고 있지 않아요? 어떻게 하실텝니까? 봉변을 당하렵니까?

아마도 신사 여러분, 용사 여러분, 용서하십시오. 전 셔츠바람으로 싸우고 싶진 않습니다.

듀메인 그러나 안 한다고는 못하겠지. 폼페이가 도전하고 있으니까.

아마도 훌륭하신 여러분, 그야 거절할 수도 있고. 실은 거절할 참입니다.

비론 어째서 그러는 거요?

아마도 까놓고 말씀드리면, 전 셔츠를 입고 있지 않습니다. 고행중이라 털옷만을 맨몸에 걸치고 있습니다.

보이엣 옳거니, 로마에서는 린넬이 부족해서 못 입도록 한 모양이군. 틀림없이 재크네타한테서 얻은 넝마조각을 사랑의 신표로 삼아 몸에 걸치고 다녔겠지.

사자 무슈 마케이드 등장.

마케이드 공주님, 삼가 문안 드리옵니다!

공주 마케이드 경, 잘 오셨어요. 하지만 한창 재미있는 여흥이 경 때문에 중단되고 말았어요.

마케이드 공주님, 황공하옵니다만 매우 슬픈 소식을 아뢰러 왔습니다. 부왕께옵서—

공주 혹시 승하라도!

마케이드 그렇사옵니다. 이제 신이 아뢰올 말씀은 끝났습니다.

비론 (아마도 등에게) 영웅들은, 물러들 가오! 어두운 장면이 되어버리는구나.

아마도 나로 말한다면 마음대로 숨을 쉬게 됐다. 쥐구멍에도 해뜰 날이 있다 고 하며 이왕 목숨을 건진 거라 다시는 미욱한 짓은 삼가고 용사답게 곧게 살아가는 거다. (영웅들 퇴장)

왕 (공주에게) 무슨 일이십니까, 공주님?

공주 보이엣 경, 출발 준비를 하세요. 오늘밤엔 떠나야 합니다.

왕 그러지 마시고, 머물러 계십시오.

공주 (보이엣에게) 준비를 하라니까요. (왕과 그밖의 사람들에게) 여러분 감사합니다. 여러분이 저희들을 위해 여러모로 애써 주셨습니다. 그리고 새로운 슬픔에 잠긴 제가 마음으로부터 간청하오니 저희들이 드린 말씀이 불손하고 무엄한 점이 많았다 하더라도, 여러분의 너그러우신 마음으로 용서하여 주시거나 잊어 주시기 바랍니다. 모두 인자하심을 믿고 한 짓입니다. 전하, 안녕히 계십시오. 마음이 비통하다보니 혀조차 제대로 돌아가지 않는군요. 어려운 부탁을 쉽게 들어주신 은공에 대해, 감사의 인사말씀을 충분히 드리지 못함을 용서하여 주시기 바랍니다.

왕 극단적일 정도로 절박한 시간에 몰려 모든 일이 가장 빠르게 해결되는 수가 있습니다. 오랫동안 매듭짓지 못했던 일도, 마지막 순간에 결정을 보는 수가 있기 때문입니다. 부왕의 서거를 애도하는 마음이시니, 사랑의 미소를 억누르고, 그 확증이라 할 신성한 구애의 말도 삼가함이 당연한 일일 것입니다. 그러나 사랑이 먼저라고 하신다면 그 뜻을 슬픔의 구름으로 밀어내지 마십시오. 돌아가신 분을 너무 슬퍼함은, 새로 얻은 사랑의 기쁨보다 슬기롭고 보람되는 일이 못됩니다.

공주 무슨 말씀이신지, 또 저의 슬픔이 두 가지인가 봐요.

비론 솔직한 말은, 슬픔에 젖은 귀에 더 잘 들리는 법입니다. (공주에게) 제가 드리는 말씀으로, 전하의 진심을 헤아려 주십시오. 우리가 시간을 허비하고, 맹세를 깨뜨린 것도, 모두가 아름다우신 여러분 때문이었습니다. 여러분의 아름다움에 우리가 매혹되어 넋을 잃고, 불미스럽게도 저희들의 처음 뜻과는 정반대의 어리석은 꼴을 보인 것이 사실입니다. 사랑은 원래 어리석고 어린애처럼 분방하고 지각없고 어리석지 않습니까. 우리들이 행한 우스꽝스런 행동은 모두 눈 때문에 일어난 일이며 눈동자가 돌아감에 따라 여러 가지 물건이, 눈에 보이듯, 여러 가지 괴상한 몰골이나, 양태를 보여드린 것입니다. 저희들이 주책없이 사랑의 때때옷을 입고 나타났기 때문에 천사 같은 여러분의 눈은 저희들의 엄숙한 맹세를 의심의 눈초리로 보셨을 것입니다만 실은 여러분의 눈이 일으키신 우리의 잘못이었습니다. 그러니 저희들의 사랑도 여러분이 시킨 소행이며, 저희들의 사랑의 과오도 여러분이 시킨 소행입니다. 저희들은 오로지 사랑의 진실을 바치게 만든 여러분들에게 영원한 진실을 바치고자, 우리의 맹세를 깨뜨리며, 우리 자신에게 진실하지 못했습니다—이 모두가 여러분 때문이었습니다. 그러니 보통 같으면 죄가 될 맹세의 파기도 이 경우는 정화되어 미덕이 되는 것입니다.

공주 보내 주신 사랑이 소복이 담긴 서한, 사랑의 사자인 선물 모두 잘 받았습니다만, 저희들 처녀들의 생각엔 그저 일시적인 사랑의 불장난, 즐거운 농담 등으로 밖에 생각되지 않았습니다. 그저 시간의 틈새를 메우기 위해 잔뜩 끼워 넣고 만지작거리는 식의 심심풀이로만 생각했습니다. 그래서 저희들도 진실함이 없이 여러분이 보이신 방식으로 장난 삼아 여러분을 대하여 왔던 것입니다.

듀메인 저희들의 서한을 보셨으니, 결코 장난이 아닌 것을 아셨을텐데요.

롱거빌 저희들의 얼굴 표정으로도 아셨을 거구요.

로잘라인 그렇게 보이지는 않았어요.

왕 지금이 마지막 순간이니 저희들의 사랑을 승낙하여 주십시오.

공주 그처럼 소중하고 영원한 일의 언약을 맺기에는 너무 시간이 짧은 듯 합니다. 그렇습니다, 전하께서는 중요한 서약을 깨뜨리시어 죄를 지으셨습니다. 그러하신 지라 제가 말씀드릴 수 있는 것은, 저에 대한 사랑 때문에—그야 절 사랑하실 리 없으시겠지만 무슨 일이든 하시겠다면— 이렇게 해주시면 좋겠습니다. 전하의 맹세는 믿을 수 없는 처지이시니 서약은 하실 것 없으시고 즉시 속세의 쾌락과는 등진 오지의 쓸쓸한 암자에 찾아가시어, 그곳에서 열두 달, 즉 일년을 채워 은둔생활을 하여 주십시오. 전하의 굳은 맹세가 고독하고 엄한 생활에서도 변치 않고, 추위와 단식과 딱딱한 잠자리와 얇은 옷에도 화려한 사랑의 꽃봉오리가 시들지 않고 시련을 견뎌내어 피신다면 일년이 지난 그때에 절 찾아 주십시오. 그리고 그 공로를 자랑삼아 당당히 사랑을 요구하세요. 그럼 지금 전하의 손과 마주친 이 처녀의 손에 걸고 그때는 꼭 전하의 사람이 될 것입니다. 그때까지 부왕의 승하를 추도하며 슬픔에 잠긴 궁중 깊이 파묻혀 애도의 눈물로 세월을 보내겠습니다. 만약 이것을 싫다 하신다면, 손을 떼고 헤어져 서로 깨끗이 체념하는 것이 좋겠습니다.

왕 만약 그 요구를, 아니, 그 이상의 조건일지라도 거절하고 안일한 생활을 꾀한다면 죽음의 손이 당장 이 눈을 영영 감게 해도 좋습니다! 이제부터 내 마음은 언제나 그대 가슴 속에 있습니다.

비론 (로잘라인에게) 아가씬 어떠십니까? 저에 대한 회답 말이오.

로잘라인 당신도 정화되어야 해요, 무거운 죄를 지으셨으니까요. 많은 과오를 저지르고 맹세도 깨뜨렸잖아요. 그러니 저의 마음을 가지시려면 열두 달 동안 한시도 쉬지 않고 병들어 누워 있는 불행한 사람들을 일일이 찾아다니며 문병하셔야 해요.

듀메인 (캐더린에게) 아가씬 어떠십니까? 제게 대한 대답 말이요. 아내가 되어주시겠어요?

캐더린 턱수염, 건강, 정직, 이 세 가질 원해요. 그러면 세 곱절의 사랑을 해드리죠.

듀메인 아, 고맙습니다, 그럼 아내라고 불러도 괜찮습니까?

캐더린 우물에 가서 숭늉 달라는 격이군요. 너무 성급히 굴지 마세요. 열두 달이 지나기까진 아무리 애교스런 말씀으로 구애하셔도 누가 거들떠볼 줄 아세요! 전하께옵서 공주님을 찾아오실 때 와보세요. 그때 애정이 많이 남아 돌아가면 좀 나눠드릴게요.

듀메인 그때까지 꼭 충실하게 약속을 지키리다.

캐더린 맹세는 하지 마세요. 또 어기시면 어쩌죠?

롱거빌 머라이어, 당신 대답은?

머라이어 열두 달이 지나면, 이 검은 상복을 벗겠어요. 충실한 분을 위해서죠.

롱거빌 그때까지 참고 견디겠습니다. 하지만 너무 길군요.

머라이어 꼭 어울리는 걸요. 당신 같은 젊은 나이에, 장대같이 큰 키도 드무니까요.

비론 (로잘라인에게) 여보세요, 뭘 그리 골똘히 생각하고 계시죠? 날 좀 봐요. 이 마음의 창문인 이 눈을 말입니다. 이렇게 경건하게 대답을 기다리고 있지 않습니까. 사랑을 위해서 뭘 해드릴 건지 말씀해 주세요.

로잘라인 비론 경은 뵙기 전부터 소문은 심심지 않게 들었어요. 세상의 소문에는 당신이 마냥 사람들을 놀리고 계시다고 하더군요. 비꼬는 말씀이나 마음에 상처를 주는 험담을 능사로 삼으시며, 아무에게나 아랑곳없이 재주를 부릴 수 있다면 마구 퍼붓는다고 소문이 자자하던데요. 그러한 독초를 당신의 빼어난 뇌리에서 뿌리째 뽑아 버리려고 하며 거기에다가 저를 차지하려 하시는데 다음 일을 해주지 않으면 당신의 것이 될 수 없으니, 그래도 좋으시다면 부디 이제부터 열두 달 동안, 매일매일 말조차 제대로 못하는 중병환자들을 찾아다니며, 병고에 신음하는 그분들을 위로해 주세요. 그리고 당신의 재치로써 고통에 시달리는 그분들을 웃겨 주세요.

비론 빈사상태에 있는 사람들의 목구멍에 폭소를 일으키란 말씀인가요? 그건 안됩니다. 불가능해요 아무리 우스운 얘기라도 병에 신음하는 사람을 웃길 순 없어요.

로잘라인 글쎄, 그것이 사람을 조롱하는 버릇을 고치는 방법이 돼요. 그러한 버릇은 너절한 얘길 재미있다고 킬킬 웃어대는 천박한 사람들이 있기 때문에 생겨나게 마련이에요. 농담이 기승을 부리게 되는 건 그걸 들어주는 사람의 귀에 달려 있는 것이지, 결코 농담을 지껄이는 사람의 혓바닥에 있는 것은 아니에요. 그러니 심한 신음소리로 귀머거리가 된 병든 사람들이, 당신의 쓸데없는 농담에 귀를 기울이거든 그냥 계속하세요. 그러면 그런 단점을 지닌 당신을 남편으로 맞이하겠어요. 그러나 그분들이 귀를 기울이지 않으면, 그 버릇을 내버리세요. 그런 단점을 버리고 개심한 당신을 만나 뵐 날을 손꼽아 기다리겠어요.

비론 열두 달! 좋아요, 좋습니다. 모든 걸 운명에 맡기고, 열두 달 동안 고스란히 병원에 틀어박혀 살면서 농담을 하리다.

공주 (왕에게) 전하, 이젠 작별인사를 드려야겠습니다.

왕 아니 공주, 우리들이 도중까지 모셔다드리겠습니다.

비론 우리들의 사랑은 옛날 연극모양으로 끝나는 것이 아니군. 선남선녀가 바로 시집 장가 간 것이 아니니까. 이 여성들이 고분고분만 하였더라면, 우리의 연극이 멋진 희극으로 막을 내릴 것이었겠지.

왕 (비론에게) 자, 열두 달만 참아요, 그러면 멋진 희극으로 끝이 날 것이니까.

비론 연극치고는 너무 깁니다.

아마도 다시 등장.

아마도 (무릎을 꿇고 공주에게) 공주님께 아뢰옵니다.

공주 (왕 등을 돌아보며) 이분은 헥터가 아니었던가요?

듀메인 트로이의 용맹한 영웅이었습니다.

아마도 (공주에게) 저는 공주님의 손에 입맞추고 하직하고자 합니다. 저도 서약을 하였습니다. 재크네타의 사랑을 위하여, 앞으로 3년간 쟁기를 잡고 농사짓기로 맹세하였습니다. 공주님, 아까 그 유식한 두분 선생님이 올빼미와 뻐꾸기를 찬양한 문답식 노래가 있는데 들어보시겠습니까? 이것이 실은 저희들의 연극의 최후를 장식할 작정이었습니다.

왕 어서 그들을 불러들이도록 하라, 들어보리다.

아마도 자! 나오시오.

홀로퍼니스, 나다니엘, 모드, 코스터드, 그밖의 사람들 다시 등장.

이쪽이 히엠스, 즉 겨울입니다. 이쪽은 베르, 즉 봄입니다. 한쪽은 올빼미가 맡고, 다른 쪽은 뻐꾸기가 맡습니다. 자, 봄, 시작하시오.

노래

봄: 알록달록한 들국화, 푸른빛 제비꽃

은빛같이 하얀 황새냉이
노랑 빛깔의 미나리 아제비
꽃이 초원에 흐드러지게 피면
나뭇가지마다에 우는 뻐꾸기가
오쟁이진 남편들을 조롱하여 노래하네
뻐꾹
뻐꾹 뻐꾹, 오 이 노래소리는
장가든 남정네 귀를 언짢게 하네!

목동이 보리피리 불고
종달새 우지지며 들일꾼에 새벽 알리고
산비둘기 떼까마귀 갈가마귀는 짝을 찾고
계집아이가 속옷 빨아 말릴 때
나뭇가지마다에 우는 뻐꾸기가
오쟁이진 남편들을 조롱하여 노래하네
뻐꾹
뻐꾹 뻐꾹, 오 이 노래소리는
장가든 남정네 귀를 언짢게 하네!

겨울: 추녀 끝에 고드름 매달리고
딕은 손이 시려 입김을 불며
톰은 장작을 집으로 나르고
그가 나르는 통우유는 꽁꽁 얼어붙고
피는 얼고 길은 진창인데,
부엉이는 밤마다 뜬눈으로 노래하네

부웅

부웅 부웅 즐거운 가락이고
뚱보 조안이 그릇을 닦네.

찬바람은 사납게 휘몰아치고
기침에 신부님 설교가 막혀버리고
새들은 눈 위에서 알을 품고
마리안의 코끝은 빨갛게 터 있고
구워낸 쉰 능금이 주발에서 쉿쉿거릴 때
부엉이는 밤마다 뜬눈으로 노래하네

부웅

부웅 부웅 즐거운 가락이고
뚱보 조안이 그릇을 닦네.

아마도 아폴로가 노래한 다음에는 머큐리의 말도 귀에 거슬릴 겁니다. 그럼 여러분은 저쪽으로, 우린 이쪽으로. (모두 퇴장)

작품해설

이 작품은 엘리자베스 여왕에게 보이기 위해 쓰여졌고, 풍자를 구사한 궁정희극으로서 언어의 재미가 돋보이는 작품이다. 특히 비론이라는 인물의 능변이야말로 스윈번 (A. C. Swinburne) 이래로 많은 평론가들의 주목의 대상이 되었다.

『사랑의 헛수고』의 줄거리는 비교적 경묘(輕妙)하고 간단하다. 즉 나바르 왕인 퍼디넌드는 세 명의 궁신 비론, 롱거빌, 듀메인 등 넷이 앞으로 3년간 일절 속세의 욕망을 끊고 그들에게 여성들이 범접하지 못하게 하고 오직 철학적인 명상에 잠겨 이 궁정을 학문의 전당으로 창조할 것을 맹세한다. 그런데 프랑스 국왕을 대신하여 프랑스의 공주가 세 시녀 로잘라인, 머라이어, 캐더린을 거느리고 이 곳에 도착하자마자, 나바르왕은 공에게, 비론은 로잘라인에게 롱거빌은 머라이어에게, 듀메인은 캐더린에게 사로잡혀 철석같은 그들의 언약을 파기하게 되고 상대의 여성에게 가까이 가려하지만 각각의 파약은 다른 자에게 폭로되고 만다. 게다가 그곳에 프랑스 왕의 죽음이 전해지면서 공주 일행은 구혼자들에게 시련으로서 1년 동안 지시된 수련을 쌓게하여 이 약속이 지켜지면 여인들은 남자들의 청혼을 받아들일 것을 약속한다는 이야기이다.

그러나 결말은 남녀의 결혼으로 맺어지지 않는다. 그것을 어찌 보느냐 하는 것이 문제이다. 우선 주목할 일은 쌍방간이 약속하여 1년간은 속세로부터 유리된다는 것이다. 공주로부터 1년간 세속적인 생활을 버리고 부와 명예를 지향하지 않는 생활을 하라는 의미로 나바르왕이 이를 받아들였다. 이 나라를 세계적인 학문의 장으로 만들어 그의 명성을 남기려한 왕에게는 가혹한 시련이 아닐 수 없다. 또 능변에 달통한 비론에게 1년간 병원을 찾아다니며 사람들을 웃기게 할 수 있는지 이것 또한 실현성이 있는지 의심스럽다. 이는 사랑을 하지 않으면서 사랑을 이야기하는 비론에게 사랑은 놀이도 아니지만 사랑은 이야기도 아닌 행위인 것이라는 것을 암시해주는 것으로 생각된다.

이들에다가 다른 두 남성들도 그와 버금가는 주문을 받아 그에 상응하는 생활을 하여 그래도 마음이 바뀌지 않는다는 조건은 무엇을 의미하느냐. 그것은 사랑이 진실하다면 그 정도의 시련은 감내할 수 있다는 것이다. 일정한 기간을 설정해 놓고 그래도 마음에 변화를 일으키지 않는다는 단서가 붙는 여성들의 요구는 그런 것을 말해주는 것이다. 또 여성들이 상중에 있을 동안 남성들도 그와 상응하는 상황에 있어달라는 부탁은 상응한 행위를 상대에게 경험하라는 것이다. 이는 자기중심이라든가 자기본위로 생각하는 남성에게 자기의 사는 길을 수정하여 상대를 생각해 달라는 사랑의 평행선을 주장하는 깊은 의미가 되지 않을까. 남녀가 공생공조하는 마음씨가 아니고 무엇이겠는가.

『사랑의 헛수고』가 1598년 4절판으로 처음 인쇄되

었을 때 그 표지에는 아래와 같은 단서가 쓰여있었다.

...지난해(1597년) 크리스마스 때 여왕폐하의 어전에서 『사랑의 헛수고』가 공연되었으며 윌리엄 셰익스피어가 새롭게 개정 증보하였다.

윗글처럼 셰익스피어의 이름이 극작가로서 인쇄되어 나온 것은 이때가 처음이며 윌슨(John Dover Wilson)은 이 희극의 창작 년대를 1593-4년으로, 체임버스(E. K. Chambers)는 1594-95년경으로 보고 있다. 어쨌든 문체상으로 보거나 내용상으로 보아 미숙함에서 벗어나지 못한 극히 초기의 작품이라고 오랫동안 정설로 되어 왔다.

셰익스피어의 대부분의 극에서 소재는 한 곳에서 얻어온 것이 아니고 여러 가지 전거(典據)를 찾아내게 되는데 『사랑의 헛수고』는 그의 소재연구가 현대까지도 이상하게도 원본이라고 생각되는 것이 하나도 발견되지 않고 있는 실정이다. 그리고 보면 셰익스피어 작품 중에서 가히 드물게 순수한 창작희곡에 속한다고 보아도 좋을 것 같다.

이 극의 주제는 셰익스피어 생존시 특히 르네상스 궁정에서 매우 인기있는 테마 중의 하나인 사랑, 즉 참된 애정이 없이는 참된 학문도 있을 수 없다는 이야기를 어느 정도 원숙하게 평형(平衡)과 균제(均齊) 감각을 지니고 있다.

그러면 소위 사랑을 주된 테마로 삼고 있는 이 극이 지금도 명맥을 유지해 오는 것은 무슨 까닭인가. 이유는 간단하다. 첫째, 이 극 속에 귀족사회에 있어서의 남녀의 윤리의식을 엿볼 수 있고, 둘째, 고유의 이상이 잘 천명되어 있으며, 셋째, 궁정문화의 가치에 대한 진위성(眞僞性)이 생생하게 묘사되어있기 때문이라고 이해한다.

셰익스피어 작품들 중에서 이 극은 장구한 세월 간과되어 오다가 비교적 최근에 와서 주목을 받게되었는데 그 명암의 진폭이 대단히 크다. 말하자면 셰익스피어 비평의 변천을 전형적으로 가리키는 작품의 하나라고 할 수 있다. 셰익스피어의 동시대의 배우 버베이지(R. Burbage)로부터 이 극이 기지와 환락이 넘쳐있다고 칭찬 받았고 17세기 왕정복고 시대 이후 이 작품이 부분적으로는 칭찬 받은 일이 있었지만 전체로서의 평가는 부정적이었다. 허즐릿(William Hazlitt)의 "만약 이 작가의 희극 중에서 어떤 것을 버리지 않으면 안될 파국에 부딪힌다면 모름지기 이 극을 택할 것이다"라는 극단적인 평을 필두로 20세기에 이르기까지 거의 극평가들로부터 졸작 또는 습작으로 취급되어 왔다. 우선 왕성하게 행해진 개작의 시대에도 『사랑의 헛수고』는 단 한번 『서생들』(1762)이라고 하는 작가불명의 개작품이 출판되었을 뿐 무대와 연결되지 못했다. 원작부활상연의 물결이 이 작품에 미친 것이 겨우 1830년대에 들어가서였으니까.

극평가들로부터 비판적 공세를 받은 원인은 주로 이 극의 구성상의 결함에 있었다. 줄거리다운 줄거리가 없다는 것이다. 이야기도 되지 않는 부줄거리가 있을 뿐이라는 것 또한 극의 구성력이 허약하다는 것이다. 한마디로 말해서 이 극은 플롯에 관한 한 긴밀하게 하나의 유기적 유대를 갖춘 플롯으로서 일관성이 없다. 집중과 심화의 극의 극형식이 아니다. 말하자면 극의 구성은 삽화적으로 만들어져 있다. 골격적 플롯에다 막간극인 부 플롯이 끼어들고 있다. 여기에 한마디를 덧붙인다면 그 당시 유행했던 프랑스 희극이나 또는 이탈리아 희극에 곧잘 등장하는 허풍선이, 시골의 신부, 어릿광대, 우직한 순경 따위가 활개를 치는 풍자극이 한 몫을 담당하고 있다. 비판을 받는 또 다른 원인은 언어가 현학적이며 절도가 없다는 것이다. 그 때문에 줄거리나 인물이나 언어가 빗나간다. 그리고 인물의 성격을 보아도 햄릿이라든가 폴스타프에 버금가는 강한 주체성이 없다. 채터턴 (H. B. Chatterton)이 작품을 말해 이 극은 셰익스피어의 초기의 습작이며 후의 희극들과는 이질의 예외적 작품이라 했다. 그랜빌-바커(Harley Granville-Barker)는 이 작품을 가면극으로 봄직하다고 했고, 1919년에는 뮤지컬로 상연되기도 했다. 우리나라에도 1932년 3월 10일과 11일 양일간 서양인 학교가 『사랑의 헛수고』를 모리스 홀에서 뮤지컬로 상연했다.

20세기 후반에 들어서 『사랑의 헛수고』가 셰익스

피어 희극의 주류를 점유하게 된다. 적어도 그 원류를 구성하고 있어 지류는 결코 아니라는 것이다.

흔히 지적할 수 있는 특색의 하나는 『베로나의 두 신사』에서 『사랑의 헛수고』의 극세계에 발을 들여 놓으면 로맨틱한 분위기가 완연히 변해서 명랑하고 현란하며 기지에 넘치는 축제적 희극이 되어 우리는 삽 시간에 얼마나 많은 이미지가 존재하는가를 알게 된다. 즉 우리에게 잊혀질 수 없는 인상을 남기며 바버(C. L. Barber) 가 지적하듯 축제적 희극의 전형이 된다는 것이다. 더욱 정확하게 말하자면 셰익스피어의 모든 희극 속에는 축제적인 명랑한 분위기를 조성하고 관객을 즐겁게 하는 요인의 하나로서 기지가 박혀있는 것은 사실이다. 다시 말해서 물과 기름 같은 이율배반적인 관념을 교묘히 융합시켜 관객들을 즐겁게 해주는 그러한 기지가 『사랑의 헛수고』에서는 셰익스피어의 다른 희극보다도 유별나게 많이 극 도처에 드러나고 있음을 감득하게 된다. 기지야말로 이 극에 있어 정수이자 정형에 해당된다고 보아도 무방하다.

그런데 우리가 또 한가지 간과해서는 안될 점은 『사랑의 헛수고』의 가치는 어디 있는가이다. 그 물음에 대한 대답은 요약해서 이 극의 가치는 어느 모로 보나 연극적인 요소에 있다기보다는 오히려 시문학적인 가치에 있다고 보아야 할 것 같다. 셰익스피어는 이 극에서 소네트를 위시하여 여러 가지 시형(詩型)에 대한 집요한 천착을 게을리하지 않고 있다. 특히 이 극의 말미를 심도 있고 인상적으로 장식하고 있는 다음과 같은 봄과 겨울의 노래는 말할 것도 없이 너무나 유명해 관객들의 마음을 정서에 젖게 하고 긴 여운을 남겨주는 것이다.

봄의 노래

알록달록한 들국화, 푸른빛 제비꽃
은빛같이 하얀 황새냉이
노랑 빛깔의 미나리 아제비
꽃이 초원에 흐드러지게 피면
나뭇가지마다에 뻐꾸기가
오쟁이진 남편들을 조롱하여 노래하네
뻐꾹
뻐꾹 뻐꾹, 오 이 노래소리는
장가든 남정네 귀를 언짢게 하네!(중략)

겨울의 노래

추녀 끝에 고드름 매달리고
딕은 손이 시려 입김을 불며
톰은 장작을 집으로 나르고
그가 나르는 통우유는 꽁꽁 얼어붙고

피는 얼고 길은 진창인데,
부엉이는 밤마다 뜬눈으로 노래하네
부웅
부웅 부웅 즐거운 가락이고
뚱보 조안이 그릇을 닦네.(중략)

어쨌든 이 극의 재미는 플롯에 있는 것이 아니라 우아한 분위기와 축제적인 즐거움과 사랑과 학식과 웃음에 대한 풍자적 기지가 연극적 효과를 충분히 발휘했다고 이해된다. 이런 점에 있어 이 『사랑의 헛수고』를 말의 유희로서 이루어진 셰익스피어 극중 인물 모드로 하여금 이야기하는 '말의 향연' 이라고 해도 과언이 아니다. 이 견해는 이 극의 본질을 드러내고 있는 집약적 표현이라고도 하겠다.

또 하나 이 극에서 셰익스피어적 인물의 유형이 될 수 있는 새싹을 볼 수 있다는 사실이다. 세 귀족 중의 한 사람인 비론이 그렇다. 나바르 왕과 세 명의 귀족들은 무려 1년간 여성과의 교제와 감각의 즐거움을 끊고 고독과 금욕 속에서 오로지 학문에 매진하여 몸과 마음을 바친다는 것은 절대로 불가능하다고 관객들은 알고 있다. 그런데 관객들의 의식과 서로 위화감을 느낄 수 없는 비론의 회의적인 태도와 맹세의 허위성을 날카롭게 비판하는 그의 비판의식에 관객들은 공감을 불러 일으켰는지 모른다.

『사랑의 헛수고』의 상연사를 더듬어 보기로 한다.

이 희극은 본래 장면의 대부분이 야외로 설정되어 있기도 해서 원래 귀족의 정원에서 상연되지 않았나 하는 견해도 있다. 셰익스피어의 후원자였던 서잠프턴 백작(Earl of Southampton)의 별장에서라는 설이 매력적으로 다가오지만 그건 어디까지나 가설이다. 다만 확실한 것은 화이트홀의 궁정에서 크리스마스 때 여왕 앞에서 상연되었다는 것과 1604년 서잠프턴 백작의 저택에서 재연되었다고 하는 기록이 남아 있다. 제2·4절판의 책표지에 블랙프라이어스(Blackfriars)와 글로브(Globe)극장에서 상연되었다는 기록도 남아 있다. 적당한 신작이 없어 어전용 공연의 극으로서 이 작품이 재연되었다고 상상되나 대중에게 사랑받는 레퍼터리이다. 기지와 유쾌한 즐거움 때문에 여왕폐하를 크게 즐겁게 했다는 평이 뒷받침해주는 것이 아닐까. 그런데 그 이후로는 거의 3세기간에 걸쳐 『사랑의 헛수고』의 상연기록은 전무하다. 전술했지만 1762년 이 작품을 개작한 『서생들(*The Students*)』이 출간되었는데 무대에서 상연되는 일은 없었던 것 같다.

1839년 9월 30일에는 런던의 코벤트 가든(Covent Garden)의 지배인인 엘리자베스 베스트리스(Elizabeth Vestrice) 부인이 로잘라인 역을 맡아 이 극을 부활시켜 극평가로부터 호평을 받기는 했으나 관객들에게 별로 인기가 없었고, 겨우 9회 공연만 하고 중단하게 되었다.

1857년 새들러스 웰즈(Saddlers Wells)극장에서 사무

엘 펠프스(Samuel Phelps)가 아마도로 분해 성공을 거두었다고 한다. 그후 1885년과 1907년에는 스트라트포드에서 셰익스피어 탄생 기념공연으로 『사랑의 헛수고』가 올려지기도 했는데 1907년 공연에서는 벤슨(F.R. Benson)이 비론으로 분했었다.

1906년 4월 24일 이 작품이 실제로 무대에 올려지고 극으로서 충분한 재미를 관객에게 준 것은 20세기에 와서 영국 드라마 협회가 블룸스베리 홀(Bloomsburry Hall) 공연으로 시작되었다고 하겠다.

1918년과 1923년에는 올드 빅에서 공연했고, 1924년 6월 21일에는 옥스퍼드 대학극회가 와드햄 대학 가든(Wadham College Garden)에서 잇달아 무대에 올렸다.

1932년에는 타이론 거슬리(Sir Tyron Guthrie) 연출의 공연이 있었지만 기대에 못미쳤고, 1938년에는 리전트 파크의 야외극장에서, 그리고 연이어 1939년과 1943년에 계속 상연했었다.

1946년과 1947년에 이 희극은 기념비적인 무대를 창출한다. 피터 브루크(Peter Brook)연출에 의한 스트라트포드 공연이다. 폴 스코필드(Paul Scofield)의 아마도역의 성공에 힘입어 달콤하고 애처러운 이 극의 분위기 탓으로 관객들에게서 사랑을 받게 되었다. 1949년에는 올드 빅 극단이 뉴 디어터에서 마이켈 레드그레이브(Michael Redgrave)가 비론역이고 휴 헌트(Hugh Hunt)가 연출하여 성공적인 공연을 만들었다. 그리고 곧잘 이 희극은 스트라트포드와 런던, 그리고 기타 지

역에서 재연된다. 무대장치가 간단해서 야외극으로 적격이었기 때문이었을 것이다

1950년대에서는 대표적인 무대는 1954-55년 올드 빅 공연이나 피터 홀(Sir Peter Hall) 연출의 스트라트포드 공연(1956)을 들 수 있다.

상기한 공연 이외에 스트라트포드 공연에서만 보아도 연출가들로는 존 바튼(John Barton)의 1965년, 데이빗 존스(David Jones) 연출(1973, 1975), 다시 올리는 버튼 연출(1978), 그리고 피터 브루크(Peter Brook), 휴 헌트(Hugh Hunt) 의 명무대를 인상적이고 기념비적 공연으로 꼽을 수 있다.

이색적이며 특징 있는 명무대를 꼽으라고 하면 1978년에 제작된 BBC 텔레비젼 드라마라 하겠다. 연출 일라이자 머신스키(Elijah Moshinsky)의 시대배경을 18세기로 가져간 발상부터가 파격적이다. 그는 프랑스의 화가 와트의 그림에 그려진 18세기와 그 분위기에 극을 가져다 놓았다. 전체를 부드럽게 덮는 석양 같은 색조를 말이다. 격한 정동(情動)을 부드러운 정취로 컴프라치한 감이 있는 와트의 회화세계와 생의 희로애락이니 욕망을 언어의 가면으로 화려하게 덮은 『사랑의 헛수고』의 양자간에는 시대와 장르를 초월하여 같은 피가 흐르고 있음에 연출의 대담한 의도가 담겨져 있다.

셰익스피어 전집 21
사랑의 헛수고
옮긴이 · 신정옥
펴낸이 · 양계봉
만든이 · 김진홍
펴낸곳 · 도서출판 전예원

주소 · 경기도 용인시 처인구 모현면 초부로54번길 75
전화번호 · 031) 333-3471
전송번호 · 031) 333-5471
e-mail · jeonyaewon2@nate.com
출판등록일 · 1977년 5월 7일
출판등록번호 · 16-37호

1999년 11월 07일 초판 발행
2016년 11월 01일 03쇄 발행

ISBN · 978-89-7924-032-0 04840
978-89-7924-011-5 04840 (세트)

값 · 9,000원